Elena del Amo

Un mar de lágrimas

Colección **Bárbaros**

Diseño de cubierta e interior: Ediciones Barataria
Maquetación: Joan Edo
Ilustración de cubierta: Fuencisla del Amo

ISBN: 84-95764-45-8
Depósito legal: B-19220-2006

Impreso por Sagrafic
Plaza Urquinaona, 14
08010 Barcelona

1

Madrid. Finales de abril de 1968.

—Rosa, ¿te escaparías conmigo? —me pregunta Gustavo del que estoy locamente enamorada.

—Ni siquiera necesito un minuto para pensar, meditar la respuesta.

—¡Sí! —exclamo.

Gustavo sonríe. Me sonríe.

Estamos en un bar de la calle de Génova, al que hemos ido juntos muchas veces, un bar muy grande y muy feo en el que seguro que no nos encuentran, porque, naturalmente, nadie de mi familia frecuenta bares como éste, bares mugrientos y desolados como éste.

Nos hemos sentado en un rincón, en dos sillas de.formica, una al lado de otra, ante una mesa, también de formica, apartada, pero desde la que se ve perfectamente quién entra y quién sale, y sobre la que hay, acaban de traérnoslas, dos tazas de café.

—¿De verdad te escaparías conmigo? —me repite Gustavo con una sonrisa más grande, más luminosa que la que provocó mi primera respuesta.

—Sí —repito, esta vez sin exclamación, porque de repente la palabra «escapar» me asusta un poco.

Nuestro amor, el de Gustavo y yo, es espantosamente difícil.

Gustavo tiene veintinueve años y está casado, y yo aún soy menor de edad, a pesar de que cumpliré veinte este verano. Lo he preguntado y me han dicho que la mayoría de edad empieza a los veintiún años para los chicos, y, para las chicas, también veintiuno para cambiar de estado (casarse o meterse a monja sin el permiso paterno), pero para emanciparse hay que tener veinticinco.

¡Veinticinco!

¡Me faltan siglos para cumplir veinticinco!

He tratado de explicar a mis padres que amo al hombre que en este momento me está proponiendo escaparme con él, y no han querido escucharme. Desde que se enteraron, porque yo se lo dije (orgullosa de amar a Gustavo), de que estoy enamorada de un hombre casado, ejercen un riguroso control sobre mí y practican una vigilancia férrea sobre todos y cada uno de mis movimientos. Apenas me dejan salir y siempre tienen que saber, y yo demostrárselo, a dónde voy y con quién.

Afortunadamente tengo amigas, buenas amigas que se han prestado encantadas a ser mis cómplices, y con las que siempre voy cuando salgo de casa, o al menos eso es lo que digo a mis padres. No he tenido más remedio que aprender a mentir, aunque la mentira siempre es complicada pues hay que atar bien todos los cabos, pero mis amigas y yo somos auténticas maestras de la confabulación.

También afortunadamente tengo una amiga/cómplice en cada barrio, aunque a la que más recurro es a Margarita, porque es la que vive más lejos, en el barrio de San José Obrero, un barrio al que sólo se llega en «camioneta», un autobús de color verde que sale de la glorieta de Embajadores, y además, porque en casa de Margarita no hay teléfono.

Sin embargo y a pesar de todo, ver a Gustavo, pasar una mañana o una tarde con él, cada vez me resulta, nos resulta a los dos, más difícil. No tenemos adónde ir cuando queremos hacer el amor, que es a todas horas, porque, aunque Gustavo tiene casa propia, su mujer también está enterada, también él se lo ha dicho, orgulloso de su amor por mí.

Seguramente por eso, porque las dificultades son cada vez mayores, no me sorprende que Gustavo me proponga escaparme con él.

El mes que viene, en mayo, Gustavo tiene que ir a la mili. Le han dicho que ya no le conceden más prórrogas, así que debe presentarse en Barcelona, su ciudad natal, en su región militar.

Gustavo es catalán, aunque vive en Madrid desde hace muchos años.

Por eso me propone que huya con él, para que no nos separemos, para que le espere a la puerta del cuartel cuando le den permiso, para que podamos vernos y estar juntos siempre que el ejército se lo permita. Nos amamos tanto que la larga separación de la mili no podríamos soportarla.

Ninguno de los dos.

Empezamos los preparativos de la huida y el mes de abril pasa volando. Se acerca la fecha fatídica a pasos agigantados.

El lunes que viene.

Gustavo tiene que presentarse en el cuartel el lunes que viene, a primera hora de la mañana, así que decidimos escaparnos el sábado por la noche. Pasaremos juntos el domingo, despidiéndonos y buscando un lugar para mí, cerca del cuartel, en el que pueda esperarle, y supongo que también un trabajo, pues de algo tendré que vivir, aunque hasta ahora ninguno de los dos hayamos pensado en ello.

La verdad es que, aunque debería estar preocupada, no lo estoy. Acabo de leer *Crimen y castigo*, y, si Sonia lo hizo, yo también podré hacerlo: seguir a Raskolnikov hasta Siberia y compartir su vida con las demás mujeres de los presos.

Si Sonia pudo, por amor a Raskolnikov, yo también podré. No creo que ella amara más a Raskolnikov de lo que yo amo a Gustavo. No lo creo en absoluto.

Así pues, en este momento, lo único que me preocupa es que todo salga bien, que la huida sea un éxito, y, sobre todo, no tener que separarme de Gustavo. Ninguno de los dos podría vivir sin el otro. Además, hoy tengo mucho que hacer. Inventar, con mis maravillosas amigas (le va a tocar a Margarita, como casi siempre), una historia para la tarde del sábado, y redactar mentalmente, para cuando llegue el momento, una nota a mis padres. Una nota de despedida.

¿Qué les diré?

¿Cómo?

Por fin ha llegado el sábado y, como ya había decidido previamente, me voy antes de comer. No podría pasar la tarde en la casa que voy a abandonar. Busco a mi madre por todas las habitaciones y la encuentro en la cocina, con las manos, sus preciosas y delicadas manos, llenas de harina y sumergidas en una masa de carne picada. Está de espaldas a la luz y casi no le veo la cara.

–Margarita me ha invitado a comer –le digo– en su casa. Luego iremos al cine, a ver una película que sólo ponen en un cine de su barrio.

Mi madre, sin sacar las manos de la carne picada (no sé si va a hacer filetes rusos o albóndigas), y sin mirarme, me dice:

–Muy bien, pero no vuelvas tarde.

Yo tampoco la miro a ella.

No puedo mirarla.

–Adiós, mamá.

Salgo de la cocina y atravieso el pasillo. A esta hora no encuentro a ninguno de mis hermanos, ni a mi padre, ni a mi abuelo. No hay nadie en la casa, salvo mi madre y yo. Me dirijo a mi cuarto, que comparto, compartía hasta hoy y espero no volver a compartir, con una de mis hermanas, y saco de debajo de la cama una pequeña bolsa de viaje, el hatillo que preparé hace varios días, y salgo de casa, furtivamente, como si estuviera cometiendo, o a punto de cometer, un delito.

Al llegar al portal, saco del bolso la nota que acabo de escribir, precipitadamente, en la escalera (en la clandestinidad hay que tener mucho cuidado con lo que se escribe) y la echo al buzón.

Ahora voy a reunirme realmente con Margarita. Con ella pasaré la tarde, pues he quedado con Gustavo a las diez de la noche en el aeropuerto. Él también tenía cosas que hacer y una nota que escribir.

Margarita me da muchos ánimos y el poco dinero que ha podido reunir. Está emocionada y feliz de compartir, participar, colaborar en mi aventura, y sólo pronuncia palabras de aliento, porque yo, no tengo más remedio que confesarlo, estoy bastante asustada.

Es verdad que mi amor por Gustavo es enorme, y el suyo por mí, pero no sé qué va a pasar. No quiero ni imaginar la cara que pondrán mis padres cuando lean la nota que les he dejado en el buzón...

–¿Qué pone? –me pregunta Margarita–. ¿La nota?

Se la recito porque le he dado tantas vueltas que me la he aprendido de memoria:

–«Me voy con Gustavo. No me busquéis. Le amo.»

Margarita se echa a llorar. De felicidad, dice. Ella también tiene novio, pero no es como Gustavo. Es un novio normal que quiere casarse con ella, que puede casarse con ella porque es soltero y no casado como Gustavo, aunque tampoco sé si Gustavo querría casarse conmigo, o yo con él, nunca hemos hablado de ello, como es imposible...

Por fin llega la hora de reunirme con Gustavo y Margarita me acompaña a Neptuno, a la parada de los autobuses que van al aeropuerto.

Nos abrazamos.

Permanecemos en silencio hasta que llega el autobús.

–¡No dejes de escribirme! –me grita Margarita cuando subo y antes de que se cierren las puertas.

2

En el aeropuerto Gustavo me espera, con los billetes y, como yo, con una pequeña bolsa de viaje.

Nos abrazamos y nos besamos, pero no decimos nada. Ninguno de los dos.

La verdad es que estamos aterrados. Si mis padres y la mujer de Gustavo leen nuestras respectivas notas antes de que despegue el avión, intentarán impedir que huyamos. Sobre todo mis padres.

Recorremos las instalaciones del aeropuerto buscando un lugar apartado donde no puedan encontrarnos en caso de que ya hayan empezado a buscarnos. Estamos muy acostumbrados a escondernos, a ver espías por todas partes, a desviar la mirada ante cualquier cara que nos pueda resultar conocida, así que nos sentamos en un banco de la sala de espera, de espaldas a la gente. Sin embargo la verdad es que, aunque no nos decimos que es por eso, no queremos que nadie vea lo asustados que estamos.

No hablamos.

No sabemos qué palabras pronunciar, cómo animarnos mutuamente. A mí me gustaría decir a Gustavo que nunca antes he ido en avión, que va a ser la primera vez, pero comprendo que, en este momento, el miedo que yo pueda tener al avión no es el miedo más importante. Además estoy con él, con Gustavo, y trato de convencerme de que es una razón, la única, para no tener nada que temer.

En este momento me parece que ha pasado un siglo desde entonces, pero el día que Gustavo me preguntó si estaría dispuesta a escaparme con él y le dije que sí, supe que no había marcha atrás. Por eso esta noche estamos cumpliendo el compromiso que contrajimos juntos y nos estamos escapando.

De repente Gustavo, que ha tenido durante todo el tiempo desde que nos hemos encontrado la mirada fija en un punto, se vuelve hacia mí.

–Me he puesto en contacto con unos amigos míos de Barcelona –dice, y noto que le tiembla la voz–, y me han asegurado que nos ayudarán. Iremos directamente a su casa cuando lleguemos.

Me tranquilizo un poco, aunque poco. Estoy deseando que anuncien la salida del avión. Es lo único que me importa en este momento, porque mientras sigamos en el aeropuerto, no habremos huido, no estaremos a salvo.

3

Me lo contaron mucho más tarde, años después, y cuando me enteré, pensé que nunca debí anunciárselo previamente, porque mis hermanos pequeños, los que me siguen en edad, encontraron mi nota en el buzón y descubrieron horrorizados que había cumplido mi promesa.

—Si no me dejan estar con Gustavo, me iré con él —les dije.

Seguramente en aquel momento fue para ellos una intuición, pero al leer mi nota sabían, aunque sin duda se lo había dicho yo para impresionarles (eso no lo recordaban exactamente) y sobre todo porque me sentía orgullosa de la hazaña que estaba a punto de realizar, que me iba en avión, que me escapaba en avión.

Entonces decidieron ir al aeropuerto a detenerme, antes de que fuera demasiado tarde, antes de que se enteraran nuestros padres.

Mi hermano pequeño quiso guardar la nota en el bolsillo, pero mi hermana, la que me sigue a mí y que es un poco más mayor que él, le agarró del brazo y le gritó:

—¡Vamos! ¡Tenemos que impedírselo!

—¿Qué hacemos con la nota de Rosa? —preguntó mi hermano pequeño.

—¡Déjala ahí! —dijo mi hermana—. Volveremos antes de que la lean.

Mi hermano pequeño volvió a dejar la que en ese instante calificaron de «fatídica nota» en el buzón y rápidamente se dirigieron a La Castellana. Una vez allí cogieron un autobús hasta Neptuno, y en Neptuno otro, el que hacía el recorrido al aeropuerto.

El trayecto, que se les hizo larguísimo, mis dos hermanos lo hicieron en silencio.

—No la encontraremos —dijo mi hermano pequeño.

—¿Por qué dices eso? —preguntó mi hermana—. Me da la impresión de que te gustaría que ya se hubieran ido.

—Sí, me gustaría.

—¿Por qué? —preguntó mi hermana volviéndose hacia mi hermano y mirándole fijamente a los ojos.

—Nuestra casa es un infierno —respondió mi hermano pequeño— y tú lo sabes. Por lo menos que huya alguien.

—Pero ¿no comprendes que Rosa no debe huir con él? —dijo mi hermana—. Gustavo está casado y, además, no la quiere.

—¿Cómo sabes que no la quiere?

—Lo sé —afirmó mi hermana—. Si la quisiera no la habría expuesto a tantos peligros.

—¡Qué frase!

—No es una frase. Piénsalo. Él, ¿qué arriesga? Nada.

—¿A ti también te cae mal? —preguntó mi hermano pequeño—. A todos les cae mal.

–¿A ti no?

–No –dijo mi hermano pequeño en voz baja, como si acabara de confesar un crimen–. Me ha llevado varias veces a dar una vuelta en moto por Madrid, pero no se lo digas a nadie.

–¿Te ha llevado en moto? –preguntó mi hermana, mirándole con asombro.

–¡Fue estupendo! –exclamó mi hermano recordándolo.

–¡Mira! –dijo mi hermana–. ¡Ya hemos llegado!

Mis dos hermanos bajaron del autobús y rápidamente se pusieron a buscar por todas partes, pero no me encontraron. Miraron los paneles, pero como desconocían a qué ciudad me dirigía, sólo intuían que iba en avión, no sabían dónde mirar, a quién preguntar. Corrieron de un lado a otro, perdidos, sin saber qué hacer, hasta que al final se detuvieron, exhaustos.

–¡Es mejor que nos separemos! –dijo mi hermana, llevando las riendas de la operación de búsqueda–. Tú ve por ahí y yo por aquí.

–Seguro que ya se han ido –dijo mi hermano pequeño, cansado de correr–. Ojalá ya se hayan ido.

–No digas eso –replicó mi hermana, y añadió con resolución–. Tenemos que seguir intentándolo.

–¡La que se va a armar en casa cuando se enteren! –exclamó mi hermano pequeño imaginando la escena–. En cuanto volvamos, me encerraré en mi cuarto. No quiero estar presente.

4

El tiempo pasa despacísimo pero, por fin, un altavoz anuncia algo, que no sé qué es porque estoy pensando en mi madre de espaldas a la luz, o más bien en las preciosas y delicadas manos de mi madre sumergidas en la carne picada.

Gustavo se levanta.

—Vamos —me dice, y me coge del brazo.

Avanzamos entre un grupo de personas soñolientas, y nos dirigimos al avión. Dejo de pensar en el efecto que mi nota va a producir en mis padres, y sólo pienso que es la primera vez que subo a un avión.

Entramos los primeros en el aparato y, cuando por fin la azafata cierra la puerta, Gustavo suspira, aliviado, me mira y me sonríe.

—Te quiero —me dice.

—Y yo a ti —le digo yo.

Los motores del avión se ponen en marcha.

—Ponte el cinturón —me dice Gustavo.

Como es la primera vez que voy en avión, no sé cómo se pone y Gustavo me ayuda. Seguro que piensa que si no acierto a abrochármelo es porque tengo miedo y, es verdad, tengo miedo, aunque no se lo digo porque él también lo tiene.

Por fin, tras unos minutos que se me hacen eternos, el avión, después de correr a toda velocidad por la pista, despega, y siento una sensación que en este momento me parece de libertad. Mientras estemos en el cielo, y aunque sé que el viaje va a ser muy corto, nadie podrá encontrarnos, separarnos.

Gustavo me da la mano y yo se la aprieto con fuerza.

–Todo irá bien –me miente–. Ya lo verás.

El avión, seguramente porque es de noche, permanece casi a oscuras. Cierro los ojos y sólo siento el calor de la mano de Gustavo. No quiero sentir nada más.

Por fin el avión se dispone a aterrizar (realmente el viaje ha sido cortísimo) en Barcelona, y el terror vuelve a apoderarse de nosotros. Estamos lejos de los nuestros, pero no lo suficiente. Teníamos que haber cogido otro avión, otro que nos llevara al otro extremo del mundo, para que Gustavo no tuviera que presentarse el lunes en el cuartel, para que mis padres no pudieran encontrarme si me buscan, que estoy segura de que me buscarán, para que nos dejen vivir nuestro amor.

Otro avión. Al fin del mundo.

5

El relato de mis hermanos pequeños, el que me contaron años después, continuaba así.

Entonces, después de recorrer todas las dependencias del aeropuerto y, convencidos de que Gustavo y yo (los fugitivos que aún no éramos pero que estábamos a punto, si ellos no lo remediaban, de ser) habíamos conseguido coger el avión, volvieron a casa.

Nunca supieron cómo se les había ocurrido abrir el buzón, porque nunca lo hacían por la tarde, pero lo cierto fue que nuestros padres tenían mi nota en sus manos y se habían enterado de mi fuga.

Cuando mis hermanos llegaron, encontraron a toda la familia alteradísima. Mi madre había llamado al suegro de nuestro hermano mayor, que es comisario de policía, para que iniciara mi búsqueda, y mi padre, acompañado de nuestros dos hermanos mayores, había ido a casa de Gustavo por si yo estaba escondida allí, a pesar de que sabían perfectamente que era imposible, o por si la mujer de Gustavo conocía nuestro paradero.

Nuestro hermano mayor es amigo de Gustavo, por él le conocí, y estaba horrorizado de tener que volver a actuar, como tantas veces, de hermano mayor que interviene en los asuntos de sus hermanas, horrorizado de tener que volver a actuar de, según sus palabras, «hermano siciliano». Además, conocía a la mujer de Gustavo, también amiga suya, y, cuando llamó a su puerta, no pudo evitar que le temblaran las piernas.

Esto se lo contó a mis hermanos pequeños nuestro hermano mayor. A mí nunca quiso contármelo.

A la mujer de Gustavo, que también había leído la nota dirigida a ella, no le sorprendió, cuando abrió la puerta, ver en el umbral a mi padre y mis hermanos mayores. Llorando les invitó a pasar, llorando les ofreció un café que ellos rechazaron, llorando les enseñó la nota que le había dejado Gustavo (muy parecida a la mía) y llorando la dejaron cuando comprobaron que ni sabía nada ni podía hacer nada por ellos. Cuando mi padre y mis hermanos mayores volvieron a casa, encontraron al suegro comisario de nuestro hermano mayor tranquilizando a mi madre. Acababa de dar la orden de «busca y captura» y le estaba asegurando que los prófugos no podrían escapar.

–Como sabes, la policía española –dijo el suegro comisario de policía con firmeza– es muy eficaz, y tu hija Rosa, esté donde esté, será encontrada.

Mi hermano mayor se fue a su casa con su mujer, que había decidido esperarle en casa con su hija después de llamar a su padre, y mis demás hermanos, los mayores y los pequeños, agotados, se fueron a la cama.

Poco después, el suegro comisario de policía de nuestro hermano mayor abandonó la casa, prometiendo llamar por teléfono cuando tuviera alguna noticia de mi paradero, y nuestro padre y nuestra madre se quedaron en el salón, en silencio, seguramente sin saber qué decirse.

6

En el aeropuerto de Barcelona nos esperan los amigos de Gustavo, una pareja encantadora, y nos llevan a su casa.

Como estoy agotada y muerta de sueño, me acompañan a una pequeña habitación y me ofrecen la cama de abajo de una litera, y en cuanto me tumbo, me quedo dormida, mientras Gustavo decide tomar un café y charlar un rato con ellos, buenos amigos a los que hace mucho que no ve.

Seguramente he dormido muy poco cuando Gustavo se agacha a la cama de abajo de la litera y me dice en voz baja que me levante.

Me dirijo con él a la cocina de la casa, y sus amigos me dan un café mientras Gustavo me cuenta que acaba de enterarse, no me dice cómo, de que mis padres han llamado a la policía y de que me están buscando.

–Consultaremos a un abogado que conocemos –dicen los amigos de Gustavo mientras amanece al otro lado de la ventana.

A pesar de que es domingo, el abogado nos recibe.

Es un hombre mayor, antifranquista, comprometido, elegante, de izquierdas, que vive y tiene su bufete en una de las casas más bonitas del centro de la ciudad.

Nos introduce en su despacho, un precioso despacho lleno de libros jurídicos y muebles de caoba, y, después de saludarnos amablemente dándonos la mano, nos dice a Gustavo y a mí (los amigos de Gustavo han decidido esperar fuera), que nos sentemos frente a él como si fuéramos sus clientes. Algo le han dicho los amigos de Gustavo, pero quiere los detalles. A medida que Gustavo le cuenta la situación, el gesto sonriente con que el abogado nos ha recibido, se va volviendo serio, cada vez más serio.

Cuando Gustavo termina el relato, el abogado se queda un instante pensativo, meditando, reflexionando, seguramente buscando una solución. Finalmente, dice:

–Lo siento muchísimo pero no hay nada que hacer. Tú, Gustavo, tienes que presentarte mañana en el cuartel, y tú –me mira y trata de sonreírme–, eres menor de edad y tus padres han llamado a la policía. No tienes más remedio que volver a tu casa.

–No quiero –le digo imaginando de repente la vuelta a casa después de la huida.

–Si no vas –continúa el abogado tratando de sonreírme, de tranquilizarme–, te llevará la policía. A partir de mañana, lunes, Gustavo no podrá estar contigo, no le dejarán salir del cuartel, al menos durante el primer mes. Entonces, ¿qué harás tú? ¿Esconderte? Además todo esto puede perjudicar a Gustavo. Le pueden acusar de secuestro, de corrupción de menores, y lo que quieran...

Al oír sus palabras no puedo evitar que gruesas lágrimas rueden por mis mejillas.

–Lo siento muchísimo –dice el abogado realmente compungido– pero no existe otra solución. A la ley no le importan los sentimientos sino los hechos.

Gustavo me da un pañuelo para que me seque las lágrimas.

Le miro.

Él también está muy abatido. El abogado me pide el teléfono de mis padres. Les llamará para decirles que vuelvo. Así la policía dejará de buscarme. Damos las gracias al abogado y salimos. Decidimos, Gustavo y yo, volver a casa de sus amigos y dormir un rato. Después, iremos a cenar a un restaurante agradable, de despedida, y luego pasaremos la noche en vela, haciendo el amor frenéticamente, hasta que llegue el momento de la cruel separación. El momento de la cruel separación. Cuando Gustavo se presente en el cuartel y yo coja otro avión, con el dinero que me dio Margarita y que ya no voy a necesitar, para volver, sola, a casa.

Dormimos un rato y pasamos el resto de la tarde con los amigos de Gustavo, tomando cafés y fumando cigarrillos sin parar, intentando hablar de otras cosas.

Luego vamos a cenar, pero no tenemos hambre, y además, el agradable restaurante nos parece el lugar más desolado del mundo.

Gustavo y yo estamos tristísimos. Nos amamos y van a separarnos. Todo se ha vuelto contra nosotros: el ejército, la policía, mi familia...

Además la mili es larga, larguísima, un eterno año y medio, y lo más probable es que, inmediatamente, para el período de instrucción, destinen a Gustavo a una de las islas Baleares.

¿Cómo lo haremos entonces para vernos, para estar juntos?

Hasta que iniciamos la huida, burlar la vigilancia de mis padres había resultado fácil, relativamente fácil, pero era porque vivíamos en la misma ciudad... En cambio a partir de ahora, cuando vuelva, mis padres me encerrarán, extremarán el control sobre mis desplazamientos y no me dejarán salir... ni con Margarita ni con nadie... Las mentiras, su elaboración y su estrategia, a partir de ahora serán muchísimo más difíciles que antes... En este momento los pensamientos de Gustavo deben de ser los mismos que los míos, aunque no los expresa, aunque trata, sin conseguirlo, de animarme.

–El tiempo pasa pronto, ya verás, y cuando me den permiso, iré a verte, o vendrás tú. Te escribiré todos los días, y tú a mí... Volveremos a estar juntos. Cuando acabe la mili me reuniré contigo y no dejaremos que nadie nos separe. Nadie. Nunca más. Volveré de la isla a la que me destinen y tú me estarás esperando en el puerto de Barcelona...

Miro a Gustavo y trato de creer lo que dice, de imaginarme en el puerto viendo llegar el barco militar y buscándole entre la multitud de soldados que saludarán desde la cubierta, pero lo único que logro imaginar es el recibimiento que me van a dar mis padres mañana, cuando me enfrente a ellos. A pesar de todo, sigo convencida de que nuestro amor es indestructible.

Indestructible.

Miro a Gustavo y le sonrío. Mañana ya no estará a mi lado para darme valor, pero ahora aún está aquí y nos queda toda la noche.

Toda la noche.

Volvemos a casa de los amigos de Gustavo y nos instalamos juntos en la litera de abajo, aunque es muy estrecha. Nos abrazamos. Nos queda toda la noche.

Toda la noche.

Habíamos pensado pasarla haciendo el amor sin parar, pero lo hacemos sólo una vez, eso sí, apasionadamente, y luego me quedo dormida, agotada, mientras Gustavo sube a la litera de arriba y, a los dos segundos, empiezo a oír entre sueños sus ronquidos.

Cuando nos despertamos, descubrimos horrorizados que está amaneciendo y que ha llegado, por lo tanto, el temido momento de separarnos.

Otra vez, como nos pasó el sábado en el aeropuerto, nos quedamos callados, sin saber qué decir, aunque hoy, lunes, el silencio es mucho más doloroso, porque el sábado empezaba la huida y existía, aunque remota, una esperanza que hoy se ha desvanecido completamente.

La idea era levantarnos pronto, desayunar juntos, que Gustavo me acompañara al aeropuerto y después se fuera al cuartel, pero, como nos hemos dormido, no hay tiempo. Tenemos que separarnos ya, en cuanto nos despidamos de los amigos de Gustavo, les demos las gracias por todo y hayamos tomado rápidamente el café que nos han preparado.

Recojo mis cosas y Gustavo las suyas, y salimos a la calle.

Hace sol, un precioso sol de primavera que me da en los ojos y me deslumbra. Gustavo, como conoce perfectamente Barcelona, porque nació y vivió su infancia en ella, me indica el autobús que debo coger para ir al aeropuerto.

Ni siquiera puede acompañarme a la parada.

Estamos en una plaza en la que confluyen cuatro calles y, por lo que Gustavo me dice, tenemos que ir en direcciones distintas. Su cuartel queda exactamente en el extremo opuesto al aeropuerto.

Nos miramos.

Nos besamos.

Intentamos sin éxito deshacer el nudo que a los dos se nos ha formado en la garganta.

—Te escribiré en cuanto pueda —dice Gustavo.

—A casa de Margarita —le digo—. A su nombre. Reconocerá tu letra y me dará las cartas.

—Sí, claro —asiente Gustavo—. Te quiero, Rosa, te quiero.

—Y yo a ti, Gustavo, y yo a ti.

Nos separamos.

Me dirijo a la parada del autobús que me ha indicado Gustavo, sin mirar atrás. No quiero ver cómo se aleja, no quiero verle por última vez, alejándose.

En este momento odio a mis padres, el ejército, la policía, el mundo. Odio todo.

No sé cómo he llegado al aeropuerto, cómo he cogido el billete, cómo he subido al avión, pero aquí estoy, y el aparato se dispone a despegar. Por las ventanillas entra el mismo sol primaveral que hace un rato nos dio en la cara, a Gustavo y a mí, y nos deslumbró.

Una azafata me ofrece un café y lo acepto porque tengo sueño, mucho sueño atrasado, aunque lo que me gustaría es dormir, dormir profundamente muchas horas, muchos días, muchos meses, y despertar el día que Gustavo acabe la mili y vuelva en el barco militar, y yo le esté esperando en el puerto...

De repente, o a mí me parece que de repente, una voz anuncia que el avión está a punto de aterrizar.

Otra vez estoy en Madrid, en la ciudad donde nací y viví hasta que me escapé con Gustavo hace dos días, y me dispongo a dirigirme a la casa que creí abandonar para siempre, ahora me parece que hace un siglo.

Camino hacia la parada del autobús que va a Neptuno y luego, en Neptuno, hacia la parada de los autobuses que recorren La Castellana (son varios los que pasan cerca de mi casa) como una autómata, como el condenado a muerte que avanza hacia el patíbulo.

Cuando entro, encuentro a mis padres en el salón, esperándome. Inmediatamente mi padre empieza a gritar, y mi madre, aunque conserva su serenidad habitual, está furiosa.

Serena y furiosa.

No me preguntan cómo estoy, cómo me siento, si echo de menos a Gustavo, si estoy triste por haber tenido que separarme de él. No me piden perdón por haber llamado a la policía, por haberme obligado a volver. No se disculpan por no haberme permitido estar al lado de Gustavo, vivir cerca del cuartel, como vivió Sonia cerca de Raskolnikov.

No quieren saber eso.

Sólo les preocupa, porque es lo único que me preguntan, sólo les importa dónde he pasado la noche, las dos noches, la del sábado y la del domingo, que he estado fuera de casa.

Les digo que apenas he dormido. Les hablo de los encantadores amigos de Gustavo y de la litera que me dejaron para dormir, y en la que dormí sola, pero no me creen.

–¡La noche! –insisten–. ¡Las dos noches! –insisten.

Mi padre, como es débil y no se atreve a decirlo ante mi madre, ni seguramente ante mí, se va al pasillo, y desde ahí grita desaforado que soy una puta.

–¡Una puta! –grita mi padre–. ¡Es una puta! ¡Nuestra hija es una puta!

Mi madre, no sólo no me defiende sino que también me ataca. A su manera, más serena, más aristocrática. No me llama puta pero sigue insistiendo en la noche, las dos noches. Quiere saber dónde las he pasado aunque ya se lo he dicho.

No suelo decir la verdad (ellos me han obligado a aprender a mentir), pero ahora sí la digo, se la digo a mi madre. Le repito que no he dormido con Gustavo ninguna de las dos noches, porque es verdad que no he dormido con él, pero sigue sin creerme.

–No he dormido con Gustavo ninguna de las dos noches –digo.

–No vuelvas a pronunciar el nombre de ese indeseable nunca más en esta casa –dice mi madre.

Mi padre continúa gritando en el pasillo. Repite que soy una puta una y otra vez, y añade palabras como escándalo, internado, e incluso llega a pronunciar la palabra reformatorio. Por fin me dejan retirarme al cuarto que compartía con una de mis hermanas, y que no tengo más remedio que volver a compartir, y me tumbo en la cama.

Me duermo, agotada, y cuando despierto, a primera hora de la tarde, llamo a uno de mis hermanos, el mayor, el que tiene el suegro comisario de policía, el que, como me enteraré después, se presentó el sábado por la noche en casa de Gustavo y luego regresó a la suya con su mujer, la hija del Comisario de policía, y su hijita, mi preciosa sobrina de cinco meses, y le pregunto si puedo pasar unos días con él y su familia, en su casa.

Me dice que sí.

Hasta que se calmen los ánimos.

Es casi de noche cuando salgo del hogar familiar, sin despedir-me de nadie y sin que nadie se despida de mí, y me dirijo a casa de mi hermano. A mis padres les ha parecido bien la idea de que pase unos días con mi hermano, su mujer y su hija.

Muy bien.

7

El portero me pregunta a qué piso voy y, cuando se lo digo, responde secamente:

—Los señores acaban de salir.

—Les esperaré —le digo.

Me siento a esperar a mi hermano y su familia en una butaquita que da a la calle. Seguro que no tarda en volver porque hablé con él y me dijo que podía venir a su casa, aunque no concretamos la hora. El portero me mira con recelo, pero no le digo que al que espero es mi hermano. Además de que me parece un antipático, a él no le importa dónde voy.

Estoy harta de dar explicaciones.

El tiempo pasa despacio y la portería está cada vez más oscura.

Mi hermano no viene, ni tampoco su mujer con la niña, mi preciosa sobrina de cinco meses.

En la calle cae la noche y también en el interior del portal.

La butaquita en la que estoy sentada se ha desvanecido conmigo y ha pasado a formar parte de la oscuridad. Podría quedarme aquí toda la noche, sentada en esta butaquita, mirando la calle que empieza a encender sus luces.

¿Por qué tardan tanto mi hermano, su mujer y mi sobrina?

El portero se acerca a mí.

—No puede quedarse ahí —me dice—. Tengo que cerrar el portal.

Me levanto, cojo mi bolsa y salgo a la calle. Busco un bar, entro en su bullicio, pido una ficha telefónica y llamo a otra de mis hermanas, que también está casada. Le cuento que nuestro hermano no aparece y me dice que puedo ir a su casa, que no hay ningún problema.Mi hermana y su marido no me preguntan nada. Sólo me acogen aunque viven en un piso muy pequeño, interior, de la calle de Don Ramón de la Cruz, con su hijo de un mes.

Cuando ya estoy en la camita plegable que me han asignado, al lado de mi diminuto sobrino, oigo a mi hermana hablar, con nuestro hermano mayor primero, y con nuestra madre después.

Luego mi hermana me cuenta que nuestro hermano mayor le ha dicho que lo siente, que se les hizo tarde, que podía, yo, haber dicho al portero que era su hermana y me habría dado la llave de su casa y así hubiera podido entrar, que vuelva cuando quiera. Luego añade:

—Voy a llamar a mamá para decirle que estás aquí.

—Gracias por acogerme —le digo.

—Puedes quedarte todo el tiempo que quieras —dice mi hermana, y sale de la habitación después de dar un beso a su hijo dormido.

Me levanto y yo también doy un beso al niño.

Vuelvo a la camita plegable y pienso en Gustavo.

Sólo quiero pensar en Gustavo, aquí, antes de dormirme al lado de la cuna de mi sobrino, sólo en Gustavo.

8

Mi madre acaba de llamarme y me ha dicho que ha pedido hora en un psiquiatra, que le ha recomendado no sé quién, y que mañana, como será el primer día, ella me acompañará.

Yo no quiero ir al psiquiatra, no necesito un psiquiatra, al psiquiatra van los locos, y yo no estoy loca sino enamorada, pero naturalmente no puedo negarme. Cuando Margarita se entera de que la huida ha sido un fracaso, me llama a casa de mi hermana desde el bar que hay al lado de su casa. Me promete venir una tarde de estas a visitarme, porque sabe, aunque nadie se lo ha dicho y aunque a mí tampoco me lo han dicho, que estoy encerrada y que durante un tiempo, no sé cuánto, no podré salir sola.

Ni a la esquina.

No sólo tengo ganas de ver a Margarita. También necesito que me traiga las cartas que Gustavo me escribirá a su casa y dirigidas a su nombre.

El psiquiatra resulta ser un hombre afable, pero inmediatamente se da cuenta de que no estoy dispuesta a colaborar.

–Amo a Gustavo –le digo una y otra vez–, y en cuanto pueda, volveré a escaparme con él –añado.

Él me mira y sonríe. No parece impresionado. Toma nota de lo que digo y me anima a escribir una especie de diario para enseñárselo en la próxima sesión, pero no le prometo que lo haré. Tampoco le digo, porque a él no le importa, que lo único que pienso escribir a partir de ahora son cartas a Gustavo.

Cartas de amor a mi amado Gustavo.

A la salida, mi madre no me pregunta qué tal. Sigue estando muy seria conmigo. Creo que no sabe qué decir, qué decirme. Yo tampoco le digo nada. Me acompaña a casa de mi hermana y se va, casi sin despedirse.

Los días siguientes voy sola al psiquiatra. Seguramente mis padres han quedado con él en que si no aparezco, les avise inmediatamente, pero al menos ese rato puedo salir sin vigilancia, dar un paseo, hablar de Gustavo con alguien, aunque sea con el psiquiatra, al que no puedo evitar considerar un enemigo.

Otro enemigo.

Sobre todo ayer, cuando me enseñó una serie de figuras y manchas y me pidió que le dijera qué veía en ellas. Casi todas parecían mariposas con las alas desplegadas, pero en una había una puerta entreabierta y una mujer que no se atrevía a asomarse ni a entrar en una habitación.

–¿Qué te sugiere? –me preguntó el psiquiatra.

–Es una mujer que acaba de descubrir a su marido en la cama con otra –dije sin pensar.

–¿Alguna vez la mujer de Gustavo os encontró en la cama? –volvió a preguntar el psiquiatra.

–No –respondí.

Y era verdad que no nos encontró en la cama, pero había estado a punto. De repente recordé una tarde que Gustavo se empeñó en que hiciéramos el amor en su casa, después de asegurarme que su mujer no estaba y que volvería tarde, y luego resultó que apareció de pronto. Oímos cómo metía la llave en la cerradura, y Gustavo, rápidamente, se vistió, y me dijo, vístete, y yo me vestí, y él salió a explicarle que estábamos ahí y le pidió por favor que se fuera. Y ella se fue y entonces pudimos salir, y Gustavo me acompañó al metro, y no pronunciamos una sola palabra durante el trayecto.

Entonces odié al psiquiatra.

Por recordarme aquella tarde que con tanto esfuerzo había intentado olvidar.

Luego, afortunadamente, la sesión acabó, y en la de hoy no ha sacado las láminas.

Tengo que hacer lo posible por olvidarlo y concentrarme en que por fin esta tarde he quedado con Margarita. Nos encontramos en un bar muy feo que hace esquina, o casi, con la calle del Conde de Peñalver. Me trae una carta de Gustavo, la primera.

Mientras la leo a toda velocidad, buscando palabras de amor entre el minucioso relato de los primeros días de Gustavo en el cuartel, Margarita espera en silencio tomando sorbos del café que ha pedido, el mío aún sigue intacto, y fumando Ducados.

–Tenemos que preparar un plan –me dice Margarita cuando guardo la carta en el bolso–, para que vayas a ver a Gustavo. ¿Dónde está haciendo la instrucción?

–En Mallorca, a las afueras de Palma.

–No sé si te lo he dicho, pero tengo amigos en Palma –dice Margarita–. Buenos amigos que, estoy segura, te ayudarán.

–Lo primero que tengo que hacer es buscar trabajo –le digo.

–Un amigo de mi jefe está buscando una secretaria para un mes. Si te interesa, le diré que irás a verle.

Margarita es única.

9

He pasado el mes de julio trabajando, recibiendo las cartas de Gustavo que Margarita me ha ido entregando y leyéndolas en el cuarto de baño de casa de mi hermana, donde sigo y donde, desde que empecé a trabajar, parece que mis padres han bajado un poco la guardia y no me vigilan tan estrechamente.

Las cartas de Gustavo son largas, algunas larguísimas porque me cuenta minuciosamente hasta los menores detalles de su vida de soldado, y casi siempre están escritas con bolígrafo rojo en unas hojas de cuaderno de papel grisáceo.

Gustavo está a punto de jurar bandera y tendrá unos días libres, y, aunque no le dejarán pasar la noche fuera del cuartel, podré verle.

¡Al fin!

10

Esta mañana he cobrado y ahora me dirijo a la plaza de Neptuno, a las oficinas de Iberia, a coger un billete de ida y vuelta a Palma de Mallorca. He contado a mis padres que voy a pasar cuatro días con Julia y su familia (esta vez lo he organizado con Julia para reservar a Margarita para el próximo viaje) en Laredo.

Ya está todo planeado.

Julia mandará una postal desde Laredo, que hemos escrito las dos, y como en las casas de veraneo no hay teléfono, mis padres no llamarán. Además, conocen a los padres de Julia y no les parece sospechoso que me hayan invitado a pasar unos días con ellos.

Entro en el enorme vestíbulo de las oficinas de Iberia y me acerco a una de las ventanillas.

Tengo que reconocer que me tiemblan un poco las piernas.

—Un billete de ida y vuelta a Palma de Mallorca, por favor.

—¿Para qué días? —me pregunta un joven con chaqueta azul.

Le digo los días.

–Su nombre.

Le miro. Pienso que quizá debería darle un nombre falso, pero en este momento no se me ocurre ninguno. ¿Cómo podría llamarme, aparte o además de Rosa?

–Su nombre, por favor –repite.

–¿Es imprescindible? –le pregunto.

–Sí –me responde–, para la lista de pasajeros.

Se lo digo y él lo escribe sin mirarme. Rellena los datos del billete y me lo entrega.

–Ahora pase por caja –me dice, señalándome una de las esquinas del vestíbulo–, y ¡buen viaje!

–Gracias.

Paso por caja, pago, guardo el billete en el bolso y salgo al calor de la plaza de Neptuno.

Miro a mi alrededor y no veo policías esperándome para detenerme. Pienso que estoy un poco obsesionada y sonrío. He sacado el billete de avión sin ningún problema. Incluso el empleado de Iberia me ha deseado buen viaje. No hay nada que temer. Mañana me voy a Mallorca.

¡Mañana!

¡Mañana veré a Gustavo!

De repente me siento feliz.

De repente me siento completamente feliz.

Cogeré el primer vuelo de la mañana y, cuando el avión aterrice en Palma, iré a una pensión que me ha recomendado Margarita. Una pensión céntrica, limpia y barata. Luego me reuniré con Gustavo. Hemos quedado, me lo decía en la última carta que me trajo Margarita, en una plaza de Palma frente al mar. Allí le esperaré en una terraza y, en cuanto pueda salir del cuartel, irá a mi encuentro.

Vuelvo a casa de mi hermana. Mañana vendrá Julia a buscarme y nos separaremos en la calle. Ella irá a la estación a coger el tren a Santander y yo al aeropuerto a coger el avión a Palma.

No puede salir mal.

Es imposible.

11

Hace un precioso día de verano, estoy en un avión que vuela en dirección a Palma de Mallorca y voy a ver a Gustavo. No puedo evitar una cierta preocupación de fondo, pero hago lo posible por ahuyentarla.

En este momento no quiero pensar en nada de lo que dejo atrás.

Llevo en el bolso el montón de cartas que he recibido de Gustavo, algunas de muchas cuartillas, en las que aparece su letra pequeña y redonda, apretadas palabras rojas escritas con el bolígrafo rojo que utiliza, en las que me cuenta, siempre minuciosamente y con todo detalle, lo que hace y cómo lo hace. En el cuarto de baño de casa de mi hermana, el único lugar en el que puedo encerrarme y conseguir un poco de intimidad, las tengo que leer deprisa, tan deprisa que a veces no sé ni lo que ponen. Las que me gustan especialmente, en las que me dice cómo me quiere y cuánto me echa de menos, las marco con una cruz. Una cruz en el sobre, debajo del sello y encima del nombre de Margarita y su dirección.

Aunque el trayecto es corto, saco las cartas y busco las que están marcadas con una cruz. Las releo sin pensar en la señora que está a mi lado, ni en la azafata que acaba de ofrecerme un zumo de naranja, y que acepto, aunque sabe a rayos.

«Te quiero.»

«Cuando acabe la mili, me esperarás en el puerto de Barcelona y ya nadie podrá separarnos.»

«Sueño con el momento de volver a verte.»

«Nunca había querido, ni querré jamás, a nadie como a ti.»

«Eres una maravilla y te adoro.»

Un altavoz anuncia que estamos a punto de aterrizar en el aeropuerto de Palma. Ahora ya sé abrocharme el cinturón.

Estoy emocionada.

Miro por la ventanilla y veo el mar avanzando hacia una ciudad que tiene que ser Palma.

El avión aterriza, salgo del aeropuerto y cojo un taxi.

En la pensión que me recomendó Margarita, una mujer, rubia y sonriente, me pide el carné de identidad y me dice que me lo devolverá más tarde. Me desea una feliz estancia, me entrega una llave y busco la que va a ser, durante tres días, mi habitación.

Entro en ella y me gusta. Es amplia y luminosa, y tiene dos camas y un lavabo. El cuarto de baño es común y está al otro lado del pasillo. Dejo mi pequeña bolsa de viaje sobre la cama que no voy a ocupar, me arreglo y salgo. Aunque falta mucho tiempo para que aparezca Gustavo, me apetece dar una vuelta por la ciudad. Lo poco que he visto desde el avión y durante el trayecto, en el taxi, me ha gustado. Comprendo que los recién casados quieran pasar aquí su luna de miel, lo comprendo perfectamente.

De repente veo en mi imaginación una preciosa escena. Gustavo y yo acabamos de casarnos y, en el aeropuerto, los que ahora nos persiguen nos despiden, emocionados por la fuerza de nuestro amor, y nos desean la mayor felicidad.

La escena se desvanece, la desvanezco yo.

Paseo por la ciudad y, después de preguntar varias veces, llego a la terraza de la plaza frente al mar donde he quedado con Gustavo. Me siento y pido un café con leche y una ensaimada. Espero con la mirada fija en el mar, más allá de los bañistas y los veraneantes que abarrotan la playa. La mirada en la línea donde se juntan el cielo y el mar, en esa raya, imperceptible a causa de la suave neblina que desdibuja el horizonte, donde el mundo desaparece bruscamente. Pasa el tiempo y sigo con la mirada fija en el mar.

Por fin, y cuando me decido a volver los ojos, veo un grupo de soldados invadiendo la plaza. De repente uno se separa de los demás y se dirige hacia mí. Inmediatamente reconozco a Gustavo por sus andares, un poco como a saltitos. Es él, aunque es la primera vez que le veo de uniforme.

Me levanto.

Corre hacia mí.

Nos abrazamos.

Nos besamos.

–¡Tengo todo el día libre! –exclama.

12

Gustavo me ha acompañado a la pensión y hemos entrado en mi habitación furtivamente, porque no admiten parejas no casadas.

Hemos hecho el amor apasionada y silenciosamente.

Gustavo huele a soldado, incluso después de quitarse el uniforme. Es un olorcillo que se le ha quedado impregnado en la piel, muy intenso, pero que a mí no me molesta porque es su olor. El olor de Gustavo, del cuerpo grande y gordo de Gustavo abrazado a mí, fundido conmigo. No me importa que huela a soldado. A mí no me importa cómo huela porque está conmigo y le amo.

Después del acto amoroso, y mientras fumamos un cigarrillo, Gustavo me cuenta lo que me contaba en las cartas. Cómo es su vida en el cuartel. Lo que hace cada día. Luego le cuento yo lo que también le contaba en cartas. Cómo es mi vida en casa de mi hermana.

–Te prometo que cuando acabe todo esto, nada ni nadie se interpondrá entre nosotros –dice Gustavo, antes de hacer el amor por segunda vez–. Cuando termine la mili, empezaremos una vida juntos, para siempre.

Y yo le creo.

Nos amamos de nuevo y decidimos ir a la playa.

Gustavo se quita el uniforme porque los calzoncillos que lleva son de color caqui y pueden pasar por un traje de baño, y yo llevo puesto el mío debajo del vestido.

Chapoteamos como dos niños felices dentro del agua. Nos abrazamos y nos besamos dentro del agua. Nadamos en este precioso mar que ahora es sólo nuestro, tan verde. Luego nos vestimos y vamos a comer una paella en una agradable terraza frente al mar. El sol es tan brillante y el cielo tan azul que parece que este día no se va a acabar nunca, que nunca llegará la noche.

Gustavo, mientras engulle la exquisita paella de mariscos, sigue contándome las historias del cuartel, y, cuando la anécdota es muy graciosa, o a él se lo parece, se le saltan las lágrimas. Gustavo siempre llora cuando se ríe mucho, y ahora se ríe a carcajadas, y se seca los lagrimones con los dedos llenos de la grasa de haber chupado las gambas de la paella.

Después de comer damos un paseo por las calles de Palma, cogidos de la mano.

Aquí nadie nos conoce.

Aquí nadie puede separarnos.

El sol empieza a caer sobre el mar y se acerca el momento de que Gustavo vuelva al cuartel. Nos gustaría pasar la noche juntos, pero no lo decimos ninguno de los dos. Además, hoy no tenemos motivos para entristecernos porque nos volveremos a ver mañana.

Acompaño a Gustavo a una placita en la que ya hay muchos

soldados despidiéndose de sus novias, y de la que sale el autobús militar, pues el cuartel está a cinco kilómetros de Palma.

Gustavo es el último en subir, cuando no tiene más remedio.

–Hasta mañana –me dice besándome–. Me encanta que hayas venido. Has sido muy valiente. Te quiero.

El autobús se aleja.

Hasta el último momento veo la mano de Gustavo saliendo por la ventanilla y diciéndome adiós.

Cuando llego a la pensión, es completamente de noche.

Entro en mi habitación, aún con la sensación de felicidad de haber pasado el día con Gustavo, y cuando enciendo la luz, veo, en la mesita de noche, debajo de mi carné de identidad, un papel.

Lo leo:

PRESÉNTESE MAÑANA EN LA BRIGADA DE INVESTIGACIÓN CRIMINAL.
COMISARÍA DE POLICÍA, CALLE**

13

La comisaría resulta estar muy cerca de la pensión. Sólo he tenido que preguntar a un transeúnte, un señor que me ha mirado con asombro, qué puede querer, habrá pensado, una jovencita como yo, de una comisaría, y me ha indicado el lugar alargando el brazo.

Es allí –ha dicho–. Esa puerta con barrotes.

En la puerta, un policía, un gris.

–Por favor, la Brigada de Investigación Criminal –le pregunto, y noto que me tiembla la voz.

Me señala un pasillo.

–La última puerta, a la derecha.

Avanzo por un pasillo estrecho, iluminado con tubos fluorescentes y, al llegar a la última puerta a la derecha, me detengo.

Respiro hondo.

Llamo con los nudillos y una voz desde el interior me invita a pasar.

Es un despacho pequeño con una mesa a la que está sentado un policía pelirrojo. Le enseño el papel que encontré en la mesita de noche de la pensión, lo mira atentamente y luego me mira a mí.

–Siéntese –me dice señalándome una silla al otro lado de su mesa, frente a él.

Me siento.

–Ha venido a verle a él, ¿verdad? –me pregunta, dejando mi papel sobre su mesa abarrotada de otros papeles.

No respondo.

–¿Saben sus padres que está aquí? –vuelve a preguntarme.

–No.

–¿Se da cuenta de que puedo encerrarla ahora mismo en un calabozo, llamar a sus padres y luego hacer que dos policías la lleven de nuevo a casa?

Le miro sin responder. Me doy cuenta de todo.

–¿Cómo ha venido? –pregunta el policía pelirrojo, y de repente me apetece decirle que nadando, y echarme a reír a carcajadas, y llorar de risa como llora Gustavo, y convertir la comisaría en un auténtico mar de lágrimas. Un mar de lágrimas de alegría.

–En avión –contesto.

–Enséñeme el billete –dice el policía extendiendo su mano llena de pecas hacia mí.

Abro el bolso, saco el billete y se lo entrego.

–Bien –dice después de examinar detenidamente el billete–. Por esta vez, y teniendo en cuenta que su billete es de ida y vuelta, y que además está a su nombre, la voy a dejar marchar, pero le aconsejo que no vuelva a escaparse. Como ve, la policía de todo el país tiene su ficha.

Se produce una pausa.

El policía pelirrojo me mira fijamente y yo bajo los ojos porque sé que eso es lo que quiere, que baje los ojos, que me sienta culpable, avergonzada y arrepentida, arrepentida sobre todo.

Como el policía pelirrojo no dice nada, levanto los ojos y le miro. Parece que ha pasado el peligro porque sonríe con la misma sonrisa con que me sonríe el psiquiatra, como si yo no fuera sino una niña traviesa que lo único que se merece es un par de azotes. Sin embargo, y lo más importante, es que esta vez, como me acaba de decir el policía pelirrojo, me he librado de pasar la noche en un oscuro calabozo, porque seguro que los calabozos, aunque nunca he estado en ninguno, son oscurísimos, y sobre todo me he librado, eso habría sido lo peor, de aparecer mañana en casa acompañada de dos grises.

Ahora lo único que quiero es salir de aquí, cuanto antes.

–¿Puedo irme? –pregunto, haciendo un gesto para levantarme.

–Sí, pero piense en lo que le he dicho, porque la próxima vez no seré tan comprensivo.

Me levanto y salgo del despacho del policía pelirrojo.

Aún tengo que recorrer el estrecho pasillo hasta la salida, pero lo hago despacio, aparentando una serenidad que no tengo y que más bien se podría calificar de alivio, aunque sea pasajero.

Salgo de la comisaría y, como al gris de la entrada no le han dado la orden de detenerme, le digo adiós y él me responde llevándose la mano derecha a la gorra.

La calle está llena de un sol resplandeciente que me da en la cara y me hace entornar los ojos.

14

Margarita escucha mi relato con los ojos muy abiertos.

—Te salvó el billete de ida y vuelta —dice—, y que en él apareciera tu nombre. Y después, ¿qué pasó?

—Nada —respondo—. Cuando más tarde me reuní con Gustavo y se lo conté, se quedó muy compungido, sobre todo porque mi posible detención podía haberle perjudicado, pero como en realidad no había ocurrido nada, tratamos por todos los medios de olvidarlo. Ya no nos atrevimos a ir a la pensión, por si había algún policía vigilando.

—¿Eso te dijo, que podía perjudicarle? —me pregunta Margarita frunciendo el ceño—. Y tú, ¿qué? Al fin y al cabo él no arriesgaba nada. No ha arriesgado nada desde el principio. Todo lo has hecho tú, y además sola.

—Pero él no puede hacer nada —digo sin querer escuchar las voces interiores que me dicen que Margarita tiene razón.

—Si hubiera querido —afirma Margarita—, podría haber hecho muchas cosas. Ya sabes, Rosa, que vuestra historia me parece apasionante y que aprecio a Gustavo, pero reconoce que él lo tiene más fácil que tú, mucho más fácil. Cuando te pidió que te escaparas con él, ¿qué te ofrecía? Absolutamente nada.

—Tenía que presentarse en el cuartel –sigo justificándole–, hacer la mili.

—Podía haber desertado.

De repente pienso que habría sido maravilloso que Gustavo hubiera desertado. Ahora estaríamos juntos, lejos, juntos.

Inmediatamente trato de ahuyentar ese pensamiento.

—Bueno –dice Margarita–, sigue contando. Decías que naturalmente no podíais ir a la pensión.

—Entonces, como el día anterior, fuimos a la playa.

En ese momento, una vez desvanecido el anterior pensamiento, vuelvo a vernos a Gustavo y a mí haciendo el amor dentro del agua, con la única luz del crepúsculo y en el instante en que la playa empezaba a quedarse desierta, y me estremezco, aunque a Margarita no se lo digo.

—Luego –continúo mi relato–, a la hora fatídica de la despedida, ya completamente de noche, le acompañé al autobús militar y volvimos a llorar al separarnos, porque ya no íbamos a volver a vernos.

—¿Él también lloró?

—A escondidas de sus compañeros, pero sí, me pareció que también lloraba, como yo, amargamente.

—Perdona lo que te he dicho antes, Rosa. Sigo pensando que Gustavo es un egoísta, pero si lloró es que te adora. ¡Gustavo te adora! –exclama Margarita emocionada.

De repente no estoy completamente segura de que Gustavo llorara. Quizá fueron sólo mis lágrimas las que mojaron nuestras caras cuando nos besamos, pero me alegro de habérselo dicho a Margarita, de haberla impresionado, me alegro de que piense que Gustavo me adora.

–Y después, ¿qué pasó? –me pregunta, cada vez más interesada, Margarita.

–Esa noche dormí en la pensión sin ningún problema y a la mañana siguiente cogí otra vez el avión y volví a Madrid.

–¿Y tus padres?

–No sospechan nada. Les llegó la postal, firmada por las dos, que Julia les mandó desde Laredo y creen que he pasado estos días con ella.

Margarita se queda un instante pensativa.

–¿Cuándo es el próximo permiso de Gustavo? –me pregunta, de repente, sonriendo.

–A finales de agosto tendrá una semana libre –contesto.

–¡Se me acaba de ocurrir una idea! –exclama Margarita–. Está claro que no puedes volver a la pensión, ni a esa ni a otra, porque en todas te pedirán el carné. ¿Recuerdas que te dije que tengo amigos en Palma? Les voy a llamar. Seguro que te acogen en su casa. Esta vez diremos a tus padres que vienes a pasar unos días conmigo, a la casa del pueblo de mi padre. Yo les llamaré de vez en cuando y no sospecharán. ¿Tienes dinero?

–Sí. La pensión era muy barata y he procurado gastar lo menos posible. Además, cuando estaba con Gustavo, todo lo que tomábamos lo pagaba él.

–Lo más caro es el billete de avión. ¿Te queda lo suficiente para cogerlo?

–Sí.

–Entonces no hay problema –dice Margarita–. Yo te daré lo que necesites para tus gastos. Por eso no te preocupes.

Vuelvo a casa de mi hermana, cojo a mi dulce sobrino en brazos y me siento feliz. Había perdido totalmente la esperanza de volver a ver a Gustavo y, gracias a Margarita, de nuevo me parece posible otro viaje a Mallorca. Después de dar un beso a mi sobrino en uno de sus regordetes mofletes, y de dejarle otra vez en la cuna, me encierro en el cuarto de baño a leer la última carta de Gustavo que me ha dado Margarita.

«Te quiero, te quiero, te quiero», es lo primero que leo y aprieto con fuerza la carta contra mi corazón.

De repente suena el teléfono y mi hermana lo coge.

–Hola, madre –oigo que dice, y tras una pausa–: Sí, aquí está. ¿Quieres hablar con ella? ¿No? Bueno, sí, se lo diré. Hasta luego.

Mi hermana llama suavemente con los nudillos a la puerta del cuarto de baño. Nunca me lo ha dicho, pero seguro que le extraña que pase tanto tiempo aquí dentro.

–Ha llamado mamá –me dice cuando abro la puerta, después de haber escondido la carta de Gustavo en el bolsillo–. Dice que mañana vuelvas a casa y que ya no tienes que ir al psiquiatra si no quieres.

Mi hermana no me pregunta si quiero volver a casa, no me pregunta nada, pero lo prefiero. Se han portado, ella y su marido, muy bien conmigo, y les estoy muy agradecida.

Se lo digo en la cena.

–Muchísimas gracias por todo, a los dos, bueno, a los tres, porque me ha encantado compartir el cuarto con vuestro maravilloso hijo.

–Es lo menos que podíamos hacer –dice mi hermana.

Hemos acabado de cenar y me acuesto en la cama plegable, al lado de la cuna de mi sobrino, que lleva varias horas dormido. Pienso que no me importa demasiado volver a casa. Me parece una buena señal que mi madre quiera que vuelva, me parece que, a lo mejor, si quiere que vuelva, es porque ha dejado de tener miedo a que vuelva a escaparme.

15

Ayer volví a casa y tengo que reconocer que me costó menos de lo que pensaba. Por supuesto mi historia con Gustavo se ha convertido en un auténtico tabú, y no sólo por la prohibición expresa de mi madre sino, sobre todo, porque en mi familia, como quizá en casi todas, de lo que no se habla es como si no hubiera ocurrido, aunque la verdad es que no sólo no me importa sino lo prefiero.

¿Qué podrían decirme?

¿Qué podría decirles yo?

Seguramente, aunque nadie me lo ha dicho, el psiquiatra habrá hablado con mi madre y, también seguramente, le habrá explicado que mi caso no es grave, que sólo estoy enamorada de Gustavo, que soy muy joven, que es una cuestión de tiempo y que se me pasará.

Mi madre no me ha contado nada. ¿Cómo iba a comunicarme el «diagnóstico» del psiquiatra sin pronunciar la palabra enamorada, y sobre todo el nombre de Gustavo?

Al principio todos, también mis hermanos, me hablaban como si fuera una extraña, pero luego han ido poco a poco olvidándome, y además, como he dejado de ser el «tema candente», la situación ha ido normalizándose.

Desde esta mañana han empezado a tratarme como antes, y, como ya me dejan salir, estoy en la calle y me dirijo a la plaza de Neptuno, en autobús.

En esta ocasión, y aunque es casi imposible que el empleado de Iberia que me atendió la otra vez me recuerde, me dirijo a otra ventanilla en la que está una señora, como todos los demás empleados con una chaqueta azul marino, y, como voy preparada, cuando me pregunta mi nombre, le doy uno falso.

No puedo correr el menor riesgo.

Si el policía pelirrojo se entera de que he vuelto a Palma, por supuesto sin el consentimiento de mis padres, cumplirá su promesa de meterme en el calabozo y luego devolverme a casa entre dos grises.

Como una criminal.

Salgo de las oficinas de Iberia y, en la plaza de Neptuno, cojo el autobús 27 para ir a la glorieta de Embajadores donde he quedado con Margarita.

Si en la escapada anterior todo salió bien, no se enteró nadie, bueno, solamente el policía pelirrojo que afortunadamente no se lo contó a mis padres y me dejó marchar, esta vez saldrá mucho mejor. Nadie sabrá que he vuelto a Mallorca, porque ni siquiera aparecerá mi nombre en la lista de pasajeros.

Cuando llego, Margarita me está esperando, tomando un café y, como siempre, fumando Ducados sin parar.

–Ya está todo arreglado –me dice, en tono triunfal–. He hablado con mis amigos y, como te dije, me han asegurado que te aco-
gerían encantados, pero mientras hablaba con ellos, y por supuesto sin decirles nada, he pensado que, como son muy conocidos en
Palma, me parece un poco peligroso que vayas a su casa.

–¿Entonces? –pregunto a Margarita, de repente horrorizada
pensando que tendré que devolver el billete que acabo de coger.

–Se me ha ocurrido una idea mejor –responde Margarita, sonriendo al ver mi gesto sombrío–. Irás a casa de una chica maravillosa que trabajaba de criada en casa de mis amigos. He hablado con
ella y me ha dicho que no sólo podrás quedarte en su casa, con ella
y su familia, el tiempo que quieras, sino que irá a buscarte al aeropuerto. Se llama Juana.

De nuevo la esperanza renace en mi corazón.

–Juana –repito, y trato de imaginármela esperándome en la ter-
minal.

–Y ahora, atemos bien todos los cabos –continúa Margarita–.
Mañana iré a comer a tu casa y contaré a tus padres, como hemos
quedado, que nos vamos juntas al pueblo de mi padre a pasar una
semana. Les diré que a mis padres les hace mucha ilusión que vayas
porque te tienen mucho cariño y quieren enseñarte los alrededores
que son preciosos. ¿Tienes ya el billete?

–Sí –respondo señalando mi bolso.

–Déjame verlo –dice Margarita–. Quiero saber a qué hora llega
tu avión para decírselo a Juana.

Saco el billete del bolso y se lo entrego a Margarita.

–Has hecho bien en dar un nombre falso –susurra Margarita para
que los de la mesa de al lado no oigan sus palabras–. Todas las pre-

cauciones son pocas –añade anotando en su agenda la hora de mi llegada al aeropuerto de Palma–. Ahora mismo voy a llamar a Juana.

Margarita apaga el cigarrillo que está fumando en el cenicero, rebosante de sus colillas y ya con algunas mías, y se acerca a la barra. Pide una ficha de teléfono y, después de pasar, a empujones y codazos, entre la gente, consigue acceder al aparato, situado en el rincón más ruidoso del bar. Con el estruendo de los camareros y los clientes, no oigo lo que dice, pero la veo mover los labios y sonreír.

–Todo arreglado –dice volviendo a sentarse a mi lado–. Juana te estará esperando en el aeropuerto y te llevará a su casa.

–Margarita –le digo–, no sé qué haría sin ti.

Margarita sonríe.

–Me gustaría que la historia con mi novio fuera como la tuya con Gustavo –dice un poco melancólica–. ¡Apasionante y llena de peligros! Mi noviazgo es como el de todo el mundo, sosísimo.

–Pero fácil –le digo, tratando de animarla y sobre todo envidiándola.

–Demasiado fácil –responde Margarita.

16

El avión acaba de aterrizar en el aeropuerto de Palma y, mientras los demás viajeros, la mayoría turistas extranjeros, recogen sus maletas, yo me dirijo rápidamente a la salida.

No sé cómo es Juana pero estoy segura de que la reconoceré cuando la vea, a pesar de que Margarita, con la emoción de la nueva escapada, y aunque jamás deja un cabo suelto, no me la describió.

Ahí está. Una chica acaba de fijarse en mí, después de mirar a todas partes como si buscara a alguien.

Nos acercamos las dos, una a otra.

–¿Juana? –le pregunto.

–¿Rosa? –me pregunta ella.

Me abraza como si no fuera la primera vez que me ve, aunque en realidad abraza a Margarita a la que debe de querer muchísimo.

–¡Vamos! –dice Juana, arrebatándome la bolsa de viaje y echando a correr hacia un autobús que parece a punto de partir–. ¡No podemos perderlo!

Corro tras ella y, efectivamente, en cuanto subimos, el autobús arranca.

–Margarita me lo ha contado todo –dice Juana–, pero no te preocupes. En mi casa estarás a salvo. ¿Has dado mi dirección a... cómo se llama?

–Gustavo –respondo, encantada de poder pronunciar su nombre en voz alta, cosa que hasta ahora sólo he podido hacer con Margarita.

–Gustavo –repite Juana.

–Sí –digo–. Esta tarde irá a buscarme a tu casa, seguramente a primera hora, cuando le dejen salir del cuartel.

–¿Por qué tus padres no te dejan ser novia de Gustavo? –me pregunta Juana.

Descubro que Margarita no le ha contado todo, seguramente para evitarle problemas, a ella y su familia. Está claro que no le ha dicho que Gustavo está casado. Mejor.

–No les cae bien –digo tratando de encontrar una explicación convincente–, y, como es mayor que yo, aseguran que sólo soy para él un capricho pasajero.

–Pero ¿él te quiere? –pregunta Juana.

–Muchísimo, como yo a él –respondo convencida.

Juana sonríe.

–Me encanta poder ayudarte –afirma–, porque si eres amiga de Margarita, también eres mi amiga. Siempre se portó maravillosamente conmigo. Ahora trabajo en una fábrica, pero cuando servía en casa de sus amigos, desde el principio me trató como una igual. Nunca me dejó limpiar su habitación, ni hacerle la cama, ni llevarle el desayuno como a los demás. Decía que nadie debe servir a nadie, y mucho menos por un sueldo mísero, y siempre que podía, se escapaba y venía a verme a la cocina, para charlar un rato conmigo, o venía a mi casa a pasar el día conmigo y mi familia, cuando yo tenía el día libre. Por un instante desvío mi pensamiento de Gustavo, al que estoy deseando ver y abrazar, y pienso en Margarita. Si no hubiera sido por ella, yo no estaría aquí ahora, en este autobús que se dirige a uno de los barrios periféricos de Palma, charlando con una chica, hasta hace un rato una completa desconocida, que va a acogerme en su casa, y con la que la maravillosa Margarita se portó maravillosamente.

–Ésta es nuestra parada –dice Juana levantándose.

La sigo. El autobús se ha detenido en un descampado en el que sólo se alzan unas casas de apariencia muy pobre, casi chabolas. Entramos en una de ellas, una casucha de una planta con una sola estancia dividida en dos por una cortina. En uno de los lados, cuatro camas, una pegada a la otra, y en el otro, una cama de matrimonio y la cocina.

–Aquí dormimos las cuatro hermanas –dice Juana señalando las cuatro camas y presentándome a sus tres hermanas–. Y el otro lado de la cortina es la habitación de mis padres –añade presentándome a sus padres– y la cocina.

Todos los miembros de la familia de Juana me saludan efusivamente, como si me conocieran de toda la vida e hiciera mucho tiempo que no me ven.

–Tú dormirás conmigo, en mi cama –me dice Juana–. Y ahora, ven. Te enseñaré el cuarto de baño. Está fuera, al fondo del patio.

Salimos a un pequeño patio, viejo y limpio, lo cruzamos y Juana abre una puerta. Al otro lado hay un cuartito diminuto con un váter y un lavabo.

—Es un poco incómodo tener el cuarto de baño fuera de la casa, sobre todo de noche –dice Juana–, pero te acostumbrarás.

–¡Juana, Rosa! –grita la madre desde la casa–. ¡A comer!

Mientras Juana me enseñaba la casa, sus hermanas han puesto la mesa en el patio y, después de hacer todos cola en el fregadero para lavarnos las manos, nos sentamos y aparece la madre con una gran cazuela de la que sale un exquisito olorcillo.

–Espero que te guste la comida mallorquina –dice la madre de Juana sirviéndome un platazo de patatas guisadas con trozos, muy pocos, uno para cada uno, de carne.

–Me encanta, gracias –digo.

–¿Sabrá llegar hasta aquí? –pregunta el padre de Juana a su mujer, introduciendo la cuchara en su plato de patatas, el más grande–. El novio de Rosa.

–Sí, papá –responde Juana–, no te preocupes.

–El barrio sigue sin estar considerado un barrio –dice el padre de Juana–. No sé por qué. Seguramente porque aún no está asfaltado.

–Margarita me dibujó un plano –le digo– y me apuntó el autobús que Gustavo debía coger.

–En ese caso, no hay problema –dice aliviado el padre de Juana–. Margarita conoce bien esta casa. Por cierto, ¿cómo está?

–Muy bien –respondo–, les manda muchos besos.

–No nos llames de usted –dice la madre de Juana–. Todo el que entra en esta casa se convierte en un miembro más de la familia.

La comida continúa entre las alegres risas de las hermanas de Juana, que son muy bulliciosas, y los inútiles intentos de su padre por mantener una conversación tranquila conmigo, muy interesado por lo que pueda contarle de la península, y, sobre todo del pueblo donde nació, un pueblo que no conozco de Extremadura.

–Es una pena que no lo conozcas –me dice–. Es el pueblo más bonito de España.

Cuando hemos terminado las patatas guisadas, una de las hermanas de Juana, la que le toca esta semana quitar la mesa, según afirman las demás, recoge la cazuela y los platos de todos y los lleva a la cocina. Luego vuelve a sentarse y la madre se levanta, para aparecer, poco después, con una enorme sandía que va cortando en trozos iguales y repartiendo a su marido, a sus hijas y a mí, y que comemos a mordiscos, sin plato. Inmediatamente el hule que cubre la mesa se llena de las pepitas negras de la sandía, y la hermana de Juana, la que le toca esta semana, las quita con un trapo y las echa al cubo de la basura.

–Ven –me dice Juana cuando nos levantamos de la mesa y los miembros de la familia se dispersan–. Esperaremos a Gustavo en la puerta de casa.

Voy con ella y me siento a su lado sobre unas cajas vueltas del revés.

–Tu familia es maravillosa –digo a Juana.

–Todas lo son –responde Juana.

–Todas no –no puedo evitar decir.

–Tus padres acabarán comprendiendo –me anima Juana–, ya lo verás. ¡Mira! ¡Por ahí viene un soldado! ¿Es él?

–¡Gustavo! –exclamo, recordándole de repente.

–¡Corre a saludarle! –me dice Juana, empujándome para que me levante y vaya a su encuentro.

17

Ayer pasé una maravillosa tarde con Gustavo.

Fuimos a alquilar una moto para poder movernos estos días, hacer alguna excursión por la isla, y también para no perder tiempo en el autobús cuando Gustavo venga a buscarme y luego a acompañarme a casa de Juana, en la que le recibieron, como a mí, con los brazos abiertos. Además, y aunque tiene que volver al cuartel a pasar la noche, puede pasar todos los días fuera, desde muy temprano por la mañana hasta por la noche, ¡conmigo!

En cuanto Gustavo firmó los papeles y nos la dieron, estrenamos la moto (una vespa un poco desvencijada que hace mucho ruido pero que funciona perfectamente) dando un paseo por las calles de Palma.

—¡Agárrate fuerte! —me dijo Gustavo, cuando me subí tras él.

Y yo, sí, le agarré muy fuerte, le rodeé con mis brazos aunque no pude abarcarle del todo porque Gustavo está un poco gordo, y, unas veces apoyaba la cabeza en su espalda, y otras acercaba mi cara a la suya para que nos diera el viento a los dos, al mismo tiempo y el mismo viento. Fue maravilloso.

Luego nos sentamos en un banco frente al mar y hablamos de amor, de nuestro amor, de este amor que, a pesar de las dificultades, estamos haciendo que sea posible. Nos dijimos, repetimos, lo que ya sabemos, como una retahíla, como una dulce retahíla.

Que, como no podemos vivir separados, nadie conseguirá separarnos.

Que nos amamos y nos amaremos siempre.

Que cuando él termine la mili, yo le estaré esperando en el puerto de Barcelona y empezaremos a vivir juntos.

Luego, cuando llegó la hora de regresar al cuartel y Gustavo me llevó en la moto a casa de Juana, nos besamos apasionadamente en la oscuridad del barrio (al que seguramente tampoco acaban de considerar un barrio porque, además de estar sin asfaltar, no tiene una sola farola) a la luz de las estrellas.

Y allí, en esa oscuridad bajo las estrellas, nos besamos muchas veces dolorosa y apasionadamente, como siempre que tenemos que separarnos, y aunque fuera como ayer, por una noche.

—Mañana lleva el traje de baño —me dijo Gustavo entre beso y beso—. Buscaremos una playa tranquila y haremos el amor, como la última vez, en el mar. Te deseo con furia.

Yo no dije nada. Sólo respondí a sus besos con mis besos, a sus abrazos con mis abrazos.

De repente se abrió la puerta de la casa de Juana y la luz del interior se derramó sobre un rectángulo de oscuridad.

—Rosa, ¿eres tú? —Oí la voz de Juana.

—Sí, Juana —contesté—. Ya voy.

–Gustavo, ¿quieres quedarte a cenar? –preguntó Juana sin cruzar el umbral, respetando nuestra intimidad y nuestra despedida.

–Gracias, Juana –dijo Gustavo–, pero no puedo. Tengo que volver al cuartel y, si llego tarde, mañana no me dejarán salir.

Gustavo y yo volvimos a besarnos y abrazarnos como si fuera la última vez.

Cuando no hubo más remedio, Gustavo arrancó la moto y se alejó, agitando el brazo izquierdo y, en el instante en que desapareció detrás de la última chabola, entré en casa de Juana, donde ella y su familia me preguntaron qué tal lo había pasado.

Después cenamos, tortilla a la francesa y la sandía que había sobrado, en el patio a la luz de una vela, y durante la sobremesa, que se alargó más de dos horas, conté a Juana y su familia que Gustavo había alquilado una moto, cosa que les pareció una gran idea, y los planes que teníamos de visitar la isla.

–Mañana te diré a qué sitios debéis ir y por dónde –dijo el padre de Juana–. Aunque Extremadura es mucho más bonita, la verdad es que Mallorca tampoco está mal.

–Seguramente Rosa estará muy cansada –dijo la madre de Juana–. Vamos a acostarnos.

Entonces, después de recoger la mesa y de hacer cola para entrar en el cuarto de baño, y todos a la vez para poder apagar la única luz, nos acostamos. Como estaba previsto, dormí con Juana, en su cama, con el soniquete de un pequeño transistor que dejó encendido toda la noche.

–Si te molesta, lo apago –me dijo Juana en un susurro–, pero es que yo, sin la radio, no puedo dormir. Una manía.

–Yo también duermo siempre con la radio encendida –mentí.

Luego el padre de Juana, al otro lado de la cortina, apagó la única luz. Había llegado la hora de dormir.

La cama era muy estrecha, y Juana y yo hemos pasado mucho calor, pero ninguna de las dos ha dicho nada esta mañana, cuando nos ha despertado la luz que entraba por la única ventana, en la que, por supuesto, no hay persiana.

Luego me he lavado como he podido en el lavabo del diminuto cuarto de baño y ahora espero a Gustavo, sentada en las cajas de la puerta, después de haber desayunado en el patio, con Juana y su familia, un enorme tazón de café con leche en el que he conseguido con bastante esfuerzo que no le echaran migas de pan, y después también de que el padre de Juana me dibujara en un papel un plano de la isla y cómo llegar a una cala, según él preciosa, muy apropiada para una pareja de enamorados como nosotros.

De repente pienso si Juana y su familia seguirán haciendo todas las comidas en el exterior cuando llegue el invierno, pues no consigo imaginar la mesa y las sillas dentro de la casa.

El ruido de la vespa acercándose me hace volver a la realidad. Gustavo.

Nos asomamos al interior de la casa para despedirnos y Juana me da una bolsa.

–Son bocadillos –dice–. Los ha preparado mi madre, son para vosotros.

Inmediatamente me dirijo a la cocina, al otro lado de la cortina, para dar las gracias a la madre de Juana, que ya está haciendo la comida de la familia.

–Me gustaría que Gustavo viniera a comer un día con nosotros –dice, haciendo un gesto para que no le dé las gracias, ni por los bocadillos ni por nada–. Díselo. El día que quiera. Haré una paella al estilo mallorquín. Y ahora, vete, y pasadlo bien.

Cuando vuelvo a reunirme con Gustavo, junto a la moto que no ha apagado, le comunico lo que acaba de decirme la madre de Juana.

–¿Qué te parece mañana? –pregunta Gustavo a Juana.

–Estupendo –dice Juana, y luego, gritando hacia el interior de la casa–: ¡Mamá! ¡Mañana!

–¡De acuerdo! –grita la madre desde dentro.

–Todo arreglado –dice Juana empujándome cariñosamente hacia la moto–. ¡Hasta la noche!

18

La vespa se porta bien. Recorremos las tortuosas carreteras de la isla, rodeadas de árboles.

Yo voy abrazada a Gustavo y recuerdo una vez, en Madrid, que decidimos pasar la noche juntos, antes de la huida. Como siempre, fue muy complicada la organización, pues en la clandestinidad en la que vivíamos debíamos tener mucho cuidado de no ser descubiertos, pero queríamos hacerlo, necesitábamos hacerlo.

Pasar una noche juntos.

Solos y juntos.

Entonces, después de decir a mis padres que me quedaba a dormir en casa de Margarita, y Gustavo a su mujer que se quedaría a dormir en casa de un amigo, nos reunimos en un bar de Princesa y, desde allí, fuimos en moto a Aravaca.

A pesar de que Aravaca está cerca de Madrid, el viaje en moto, mientras el cielo se iba progresivamente oscureciendo, se nos hizo larguísimo.

Cuando llegamos era completamente de noche y fuimos directamente a una pensión que conocía Gustavo y en la que, no sólo no pedían el Libro de Familia, sino además tampoco hacía falta llevar equipaje.

Nos dieron una habitación feísima, con una bombilla de 40 que colgaba del techo y una cama estrecha y de sábanas grisáceas, en la que pasamos la noche haciendo el amor pero aterrados, sin poder ahuyentar la idea, la posibilidad, a pesar de que ninguno de los dos lo dijimos en voz alta, de que nos descubrieran.

Recuerdo esa escena, aquella noche que pasamos en Aravaca y en la que no fuimos nada felices a pesar de que estábamos juntos, porque el miedo era más fuerte que nosotros y estaba demasiado presente, mientras Gustavo conduce la moto por Mallorca, mientras abrazo a Gustavo y él de vez en cuando me grita, porque el viento se lleva las palabras en otra dirección, si voy bien agarrada, si soy feliz y si le amo.

—¡Voy muy bien agarrada, soy muy feliz y te amo! —le grito yo.

Y Gustavo se ríe, oigo su risa que también, a ráfagas, se la lleva el viento.

Por fin encontramos la pequeña cala, el lugar recóndito que nos ha recomendado el padre de Juana y que ha calificado de perfecto para dos enamorados como nosotros, y que, como tiene difícil acceso, está casi desierto.

Avanzamos en la moto hasta donde termina el sendero y seguimos andando. Descendemos entre arbustos por el estrecho caminillo que han hecho los pocos que conocen la existencia de la cala y llegamos a la playa.

Rápidamente nos quitamos la ropa. Gustavo vuelve a quedarse

con los calzoncillos de color caqui, y yo con el traje de baño que llevo debajo del vestido.

Corremos hacia el mar.

Nos bañamos, chapoteamos, nos besamos y hacemos el amor en el agua transparente y limpísima del Mediterráneo.

Luego comemos los deliciosos bocadillos, pan untado con tomate y relleno de unas finas lonchas de mortadela, que nos ha preparado la madre de Juana y que nos saben a gloria.

Nos tumbamos en la cálida arena.

Empieza a caer la tarde, nos bañamos otra vez, volvemos a hacer el amor en el agua y al salir, descubrimos en la orilla, agitada por las olas, una pelota de color azul, sucia y deshinchada.

Gustavo la coge y me la lanza.

Nos ponemos a jugar, corriendo por la playa como dos niños, casi siempre asustados y en este momento felices.

Luego, agotados, volvemos a tumbarnos en la arena.

Abrazo con fuerza la pelota deshinchada.

El sol está a punto de meterse y no tenemos más remedio que pensar en volver.

Antes de abandonar la playa, dejo caer la pelota deshinchada.

No quiero llevármela.

De recuerdo.

Quiero que se quede ahí, en esta cala mallorquina, para siempre.

Gustavo, aunque no me lo dice, también quiere que la pelota se quede aquí, para siempre.

19

Hoy, como prometimos ayer a la madre de Juana, Gustavo y yo vamos a quedarnos a comer. Además, aunque sólo lo sabe Gustavo y le he pedido que no se lo diga a Juana y su familia, es un día especial para mí porque cumplo veinte años.

La madre de Juana está haciendo, como anunció, una paella.

Estamos todos sentados alrededor de la mesa del patio y, mientras reposa el arroz, del que sale un delicioso olorcillo, comemos aceitunas y bebemos vino con gaseosa.

El padre de Juana, sentado al lado de Gustavo, le pregunta sobre la vida en el cuartel, aunque lo que quiere es contar él que después de la guerra civil, como su familia era republicana, tuvo que marcharse del pueblo, así que, en realidad, cosa de la que está muy orgulloso, no se siente un emigrante extremeño sino un exiliado político.

—¡Papá, por favor! —dice Juana—. ¡Otra vez la historia de la guerra, no!

–Cuando os caséis Rosa y tú –dice el padre de Juana a Gustavo–, procurad tener niños en vez de niñas.

Gustavo me mira y veo en su gesto, en el modo en que arruga la nariz que el vino con gaseosa le ha puesto colorada, un cierto ensombrecimiento.

–No le hagas caso –dice la madre de Juana a Gustavo–. En el fondo está encantado de vivir rodeado de mujeres.

–¡Rodeado de mujeres! –exclama el padre–. ¡Tú lo has dicho! ¡Cinco nada menos! ¡Qué horror!

Juana, su madre y sus hermanas se echan a reír, y Gustavo y yo también nos reímos.

Por fin llega la paella, que es recibida con exclamaciones de alegría, exclamaciones que más tarde, mientras la comemos, no dejan de repetirse, porque realmente está buenísima.

Después de comer, Juana saca al patio su pequeño transistor, el que tiene toda la noche encendido, y, después de reposar un rato en dos grupos, los dos hombres fumando puros, y las mujeres, incluida yo, por fin me dejan hacer algo, recogiendo la mesa, las hermanas de Juana se ponen a bailar.

En un instante el patio se convierte en una verdadera fiesta.

A mí me gustaría bailar, pero Gustavo no quiere. Dice que no sabe, que lo hace muy mal. Entonces pienso que en realidad es a la primera fiesta que voy con Gustavo y, como estoy contenta, bailo con Juana y, una por una, con sus hermanas. La tarde pasa volando y otra vez llega el momento de la despedida.

–Me encantaría quedarme más tiempo –dice Gustavo, levantándose de la silla en la que lleva sentado todo el día, al lado del padre de Juana–, pero no puedo.

—Cuando te licencies —dice el padre de Juana, levantándose también y estrechando fuertemente la mano de Gustavo—, vendréis Rosa y tú a celebrar la libertad con nosotros. ¿Prometido?

—Prometido —repite Gustavo.

20

Los días siguientes, hasta mi vuelta, fueron maravillosos –cuento a Julia mientras paseamos por La Castellana–. Nunca podré agradecer bastante a Juana y su familia lo que han hecho por mí, por nosotros.

–No sabía que hubiera gente así –dice Julia.

–No hay gente así.

–Y ahora, ¿qué vas a hacer? –me pregunta Julia.

–He encontrado un trabajo de secretaria en una empresa –respondo–. Empiezo el lunes. Gustavo ha terminado la instrucción y le han destinado a Ibiza. En cuanto ahorre lo suficiente, iré a verle.

–Es increíble que tus padres no se hayan enterado de que has ido dos veces a Mallorca.

–No habría sido posible sin vosotras. Os lo debo a las dos.

–Vamos a tomar algo –dice Julia–, para celebrarlo.

Nos sentamos en una terraza de La Castellana, pues aún hace bueno a pesar de que ya estamos en septiembre. Pedimos dos horchatas y, aunque sólo pienso, no puedo evitarlo, que no sé cuándo volveré a ver a Gustavo, trato de hablar de otras cosas, de interesarme por el trabajo de Julia, en el que ya lleva un año.

Pero ella no quiere hablar de su trabajo.

–Tengo ganas de enamorarme como tú –me dice–, locamente.

–Se sufre.

Julia no responde y nos quedamos un rato calladas. Al final, dice:

–Bueno, nada de tristezas. Necesitas distraerte. ¿Qué te parece si vamos al cine Colón a ver el programa doble? No sé qué ponen pero seguro que las dos películas son buenas.

21

Julia y yo hemos visto, en el cine Colón, un buen programa doble que ha conseguido, a ratos, distraerme: *Centauros del desierto* y *Psicosis*. A la salida del cine nos separamos y vuelvo a casa.

Al entrar, encuentro a mi madre, sentada, inmóvil y sola, en una butaca del salón, muy seria.

–Siéntate –me dice.

Me siento frente a ella.

–Así que, «qué días tan maravillosos hemos pasado en Mallorca» –me dispara.

–¿Qué?

– «Qué días tan maravillosos hemos pasado en Mallorca» –repite mi madre repitiendo las palabras de Gustavo.

–¿Has leído mis cartas? –pregunto a mi madre, horrorizada.

–Las tenías muy bien escondidas, pero al final acabé encontrándolas. Me has mentido, nos has mentido a tu padre y a mí. Has mentido a todos.

—¿Cómo has podido? —le pregunto casi sin poder hablar, con un apretado nudo en la garganta—. No tenías derecho. Eran mías. Eran íntimas. Iban dirigidas a mí.

—Confiamos en ti —dice mi madre sin inmutarse— y así nos lo agradeces, engañándonos.

Las lágrimas me nublan la vista y el nudo en la garganta me impide hablar. Me levanto y echo a correr por el pasillo hasta que llego a mi cuarto. Cierro la puerta y me tumbo en la cama, boca abajo.

Lloro amarga y desconsoladamente.

A lo lejos, oigo gritar a mi padre, que se ha reunido con mi madre en el salón.

—¡Está loca! ¡Tiene que volver al psiquiatra! ¡Pero busca a otro, porque el anterior no le sirvió de nada!

No oigo lo que dice mi madre, porque ella nunca grita, pero pasan unos segundos y la oigo recorrer el pasillo.

Sin llamar a la puerta, entra en mi habitación.

—Tu padre y yo hemos decidido que vuelvas al psiquiatra. Me han hablado de uno, muy bueno, y mañana le llamaré para pedirle hora.

No me muevo. Mi madre sale y cierra la puerta. Sigo llorando.

Me levanto a buscar un pañuelo y de repente me acuerdo de las cartas de Gustavo. Las busco y ahí están, donde las dejé, en un libro entre muchos libros, intactas. ¿Cómo mi madre ha podido encontrarlas?

Saco, del sobre abierto y marcado con una cruz, la primera.

«Querida Rosa. Qué días tan maravillosos hemos pasado en Mallorca...»

22

Llevo tres meses trabajando y, como gano mi propio dinero, después de conversaciones, breves aunque muy difíciles, con mi madre, conseguí convencerla de que me dejara emanciparme.

Necesito estar sola y libre para cuando vuelva Gustavo.

Al final, y después de que fuera ella, mi madre, la que me encontrara una habitación en casa de una amiga suya, que vive en una casa enorme y alquila cuartos a chicas estudiantes y trabajadoras de buenas familias, he empezado mi vida independiente, aunque con la promesa de que iré al psiquiatra, una vez a la semana.

Yo pagaré la habitación y mis gastos, y mis padres el psiquiatra.

El primer día que fui, el nuevo psiquiatra, un hombre de unos cincuenta años, pelo casi blanco y gesto serio, me recibió en su despacho y me invitó a sentarme en una butaca, al otro lado de su mesa, mucho más baja que la suya.

Decidí, con éste, cambiar de actitud y contarle mis penas.

Y eso es lo que hago cuando voy.

Contarle mis penas. Desde que soy independiente, Gustavo puede escribirme y poner mi nombre en el sobre, pero, no sé por qué, sus cartas no me consuelan. La residencia de la amiga de mi madre es un enorme caserón, que está siempre a oscuras, y en mi habitación me siento como una extraña.

Cuando salgo del trabajo, a las seis y media de la tarde, ya es de noche, y siempre hago lo posible por retrasar el momento de entrar en la casa y en mi habitación. Entonces, si mis amigas no pueden quedar un rato conmigo, paseo por el frío de la ciudad o me voy, sola, al cine.

–Lo que tienes que hacer –me dice el psiquiatra cuando se lo cuento–, es volver a tu casa.

–Ésa ya no es mi casa –le digo–, y, además, cuando vuelva Gustavo, como ya soy independiente, nadie me impedirá verle y estar con él.

En la última carta que Gustavo me ha escrito, y en la que he buscado, como siempre, con más avidez que siempre, unas palabras de amor que últimamente cada vez encuentro menos, me cuenta que va a tener unos días libres y también que, como ya no tiene que volver al cuartel a pasar la noche, ha alquilado un piso con otros tres soldados. Inmediatamente pienso que si voy, podré pasar la noche con él, y, emocionada, decido coger un billete de avión para ir a verle, esta vez a Ibiza.

En las oficinas de Iberia de la plaza de Neptuno, y seguramente porque no he podido olvidar al policía pelirrojo, o porque en el fondo pienso que quizá no ha llegado a Ibiza la noticia de mi emancipación, o porque aún pesa sobre mí la etapa de la clandestinidad y me cuesta salir de ella, cuando me preguntan mi nombre, vuelvo a dar, como la última vez, uno falso.

Cuando llego a mi sombría casa, que no es mi casa, y entro en mi fría habitación, que no es mi habitación, me siento a la mesa y escribo una carta a Gustavo comunicándole mi llegada.

Debería estar contenta, pero no lo estoy, no sé por qué.

Vuelvo a leer la última carta de Gustavo, que no marcaré con una cruz porque sólo al final aparece un rápido te quiero, y descubro que me cuenta lo de los días libres y lo contento que está con su nueva casa porque no tiene que dormir en el cuartel, pero en ningún momento me dice que vaya, me pide que haga lo posible por ir.

Releo la carta anterior, que tampoco he marcado con una cruz, y no encuentro sino, como siempre, el relato minucioso de su vida de soldado. Nada más.

En este momento me entran unas ganas enormes de llorar, pero cuando empiezan a formarse en mis ojos las primeras lágrimas, llaman a la puerta, y al abrirla, encuentro a una chica americana que ocupa la habitación de al lado.

–¿Puedo pasar? –me pregunta–. Me siento un poco sola y necesito hablar con alguien.

Carraspeo para deshacer el nudo que se me ha formado en la garganta, me seco las incipientes lágrimas y ahuyento mis pensamientos sombríos.

Estoy equivocada, tengo que estar equivocada.

¿Cómo he podido pensar, cómo se me ha podido pasar por la cabeza, aunque haya sido un segundo, que Gustavo ha dejado de quererme?

Gustavo me quiere, estoy segura, como yo a él.

–Por favor, cuéntame algo –me suplica la chica americana–, lo que sea.

Le hablo de Gustavo, de nuestro amor, de que si ahora vivo aquí es sólo por Gustavo, para ser libre para él hasta que podamos reunirnos cuando acabe la mili, le describo la escena en el puerto de Barcelona, el día que Gustavo vuelva definitivamente, le cuento que acabo de coger un billete para Ibiza y que pronto, dentro de unos días, me reuniré con él, y, para terminar, le comunico que en este momento, como todas las dificultades han sido superadas, me siento inmensamente feliz.

La chica americana sonríe.

–Gracias –me dice–. Tu historia me parece preciosa y me ha puesto muy contenta. Quizá yo también pueda ser feliz, como tú, algún día. Eres muy afortunada.

La chica americana vuelve a su habitación, después de darme otra vez las gracias.

Me acuesto.

Todo lo que le he dicho, todo lo que he contado a la chica americana es verdad, tiene que ser verdad.

23

Pasado mañana me voy a Ibiza.

En el trabajo, mi jefe, que es un hombre encantador, ha hecho todo lo posible por facilitar mi marcha. Me ha dicho que está muy contento conmigo, que en esta época puedo faltar sin ningún problema y que siempre vienen bien unos días de vacaciones. Aunque no le he contado adónde voy, ni le he demostrado la gran emoción que me produce estar a punto de reunirme con mi amado Gustavo, ha debido de imaginar que se trataba de algo muy especial porque me ha deseado que descanse y, sobre todo, que me divierta. Que me divierta sobre todo.

Esta mañana, antes de ir a trabajar, he bajado la maleta de la parte superior del armario y, cuando vuelva esta tarde, empezaré a guardar la ropa que voy a llevar, que aún no he decidido cuál va a ser.

No quiero olvidar nada.

Hace tanto tiempo que Gustavo no me ve, que quiero que me encuentre guapísima. Me he comprado un chaquetón, una falda y un jersey preciosos, aunque Margarita me ha asegurado que en Ibiza nunca hace frío, ni en invierno.

Es verdad que vuelvo a estar emocionada, como lo estuve en verano, aunque esta vez sin el temor de que alguien pueda impedirme reunirme con Gustavo.

Ahora soy libre, ¡por fin!

Llego a casa, entro en mi habitación y veo una carta sobre la mesa.

De Gustavo.

Una carta de Gustavo.

Me siento a la mesa y la abro.

Querida Rosa.

No vengas a Ibiza porque va a venir mi mujer. Lo he pensado mucho y he llegado a la conclusión de que lo mejor es que tú y yo lo dejemos, al menos durante un tiempo.

Las dificultades de nuestro amor son, han sido, y seguirán siendo, enormes, y no creo que debamos empeñarnos en lo que está claro que es imposible. Además mi mujer ha sufrido espantosamente y, como la quiero muchísimo, he decidido seguir con ella.

Estoy seguro de que lo comprenderás.

Lo nuestro, como dicen en las películas, fue bonito mientras duró.

Adiós, Rosa, nunca te olvidaré,

Gustavo.

24

Cuando he dicho al psiquiatra que quería morirme, que lo único que quiero en este momento es morirme, ha exclamado:

–¡Cómo vas a querer morirte a los veinte años! Lo que tienes que hacer es volver a casa de tus padres, olvidar a ese hombre y empezar una nueva vida, la que tienes por delante.

Sin embargo, es la verdad.

Tengo veinte años y quiero morirme.

Ahora voy en autobús y me dirijo a casa de mis padres, adonde volví ayer.

Acabo de abandonar las oficinas de Iberia de la plaza de Neptuno. Me ha costado bastante conseguir que me devolvieran el dinero del billete de ida y vuelta a Ibiza, porque, como tenía un nombre falso, el empleado estaba empeñado en que tenía que ir, en persona, la propietaria del billete con el carné de identidad, o, si no, firmarme una autorización. Al final, y después de asegurarle que esa persona estaba fuera y que era imposible localizarla, y de pedirle, suplicarle casi, que por favor me devolviera el importe del billete, y aunque el empleado no estaba muy convencido, ha acabado accediendo. Luego ha roto en pedazos el billete de ida y vuelta a Ibiza y lo ha tirado a la papelera.

El autobús acaba de cruzar Cibeles y empieza a subir por Alcalá, hacia la plaza de la Independencia.

Las palabras vuelven a formarse, a pronunciarse con insistencia, dentro de mí.

Las palabras.

Tengo veinte años y quiero morirme.

Tengo veinte años y lo único que quiero, en este momento, es morirme.

EL CONCIERTO DEL EMPERADOR

Elena del Amo

1. El primero

Soy el primero.

Al principio pensé que Laura no sería sino un amor pasajero, uno más. La verdad es que, aunque no soy muy guapo, tengo cierto éxito con las mujeres, además de ser bastante experto, y desde la primera vez que me inicié en el sexo, con una puta a los dieciséis años, he tenido varias historias amorosas, aunque ninguna haya sido hasta ahora muy importante, ninguna hasta ahora, hasta que he conocido a Laura.

Laura es, y va a ser siempre, la mujer de mi vida, lo sé.

Laura.

La mujer de mi vida.

Además, tengo que confesarlo porque me llena de un orgullo indescriptible, me gusta ser el primero, me gusta mucho ser el primero para ella.

Conozco a Laura porque es una de las cuatro hermanas, todas guapísimas, de uno de mis amigos, y si la elegí a ella, a Laura, fue porque era a la que más veía por los pasillos de su enorme casa, a la que en los últimos meses he ido con frecuencia.

Mi amigo y yo estudiamos Filosofía y tenemos que presentar un trabajo en la facultad. Como no soy de Madrid y comparto el piso en el que vivo con una pareja de amigos, el hermano de Laura me dijo que podíamos hacer el trabajo en su casa.

–Allí nadie nos molestará –me aseguró.

La casa de mi amigo, y por lo tanto de Laura, es enorme y siempre está llena de gente. Aparte de la numerosísima familia que forman (siete hermanos, cuatro chicas y tres chicos, el padre y la madre, y un abuelo, el materno, que vive con ellos), está el grupillo fluctuante que invade la cocina, un grupillo formado por asistentas, planchadoras, cocineras, imposibles de enumerar y de localizar pues cambian a menudo, demasiado a menudo, en opinión de la señora de la casa.

«Ésta es una casa de mucho jaleo», suele afirmar la madre de Laura a las mujeres de todas las edades que llaman a la puerta a pedir trabajo.

Muchas veces, antes de confesar mi amor a Laura, me quedaba a comer (cosa que seguiré haciendo ahora con más motivo porque Laura y yo somos novios y vamos a casarnos), aunque en su casa no se coma demasiado bien. La comida no sólo nunca es demasiado abundante (la madre, además de no darle una importancia que, desde luego para mí, tiene, porque claramente sus prioridades son otras, debe conseguir que de las fuentes, por enormes que sean, coman, no sólo su familia sino los numerosos añadidos, que todos los días son, somos, muchísimos), sino que tampoco es de gran calidad. Desde luego no tiene nada que ver con la comida que manda preparar mi madre a Felisa, nuestra cocinera de toda la vida, y que tanto echo de menos desde que abandoné la fea ciudad industrial del norte en la que nací para venir a estudiar a Madrid.

Quizá es que en los pueblos se da más importancia a la comida, o que, sí, esto también tengo que confesarlo, comer me encanta y soy especialmente tragón (por eso estoy un poco gordo), pero lo cierto es que, al principio, me sorprendió que en casa de Laura las comidas fueran tan distintas a como son en la mía. Seguramente ese trasiego de asistentas del que he hablado antes, repercute en la calidad de los platos, aunque también es verdad que eso a nadie parece importar. En la larguísima mesa llena de comensales de todas las edades y tamaños se está bien, a gusto, y, como seguro que ninguno de los asiduos es tan tragón y exigente como yo, les da igual que la comida, además de no ser ninguna maravilla, siempre acabe resultando demasiado escasa.

Cuando empecé a acudir a casa de mi amigo para hacer con él el trabajo, y conocí a sus cuatro hermanas, me gustaron todas. Pensé que me iba a costar mucho elegir una, sobre todo porque estaba convencido de que no iba a enamorarme, en absoluto a enamorarme como me he enamorado, y mucho menos de que la elegida sería Laura, aunque por otra parte fue bastante lógico porque, como ya he dicho, era a la que más veía.

También hubo otro factor que contribuyó en la elección y que acabó siendo determinante. Laura sabe escribir a máquina y se ofreció, a su hermano y a mí, a mecanografiarnos el trabajo de la facultad, trabajo que le íbamos dictando a medida que lo íbamos haciendo. Hoy un capítulo, mañana otro, y así hasta que lo termináramos. Además, cada vez que nos apetecía un café, siempre era Laura quien lo traía.

Afortunadamente aquellos cafés eran muy frecuentes, y, aunque Laura nunca lo tomaba con nosotros, volvía una y otra vez, y hacía su, para mí, siempre luminosa aparición, y nos preguntaba si habíamos acabado y si podía, ya, llevar otra vez la bandeja, después de recorrer los largos pasillos de la casa, a la cocina.

Muchas veces, viéndola sentada a mi lado mientras su hermano y yo le dictábamos el trabajo, y en algún momento en que mi amigo salía de la habitación y se desplazaba al otro extremo de la casa para buscar algún libro, estuve a punto de decir a Laura que la deseaba, que me estaba enamorando de ella, estuve a punto de tocarla, de besarla salvajemente en la boca, de poseerla allí, en el cuarto de mi amigo, con furia.

Cómo la deseaba.

Cómo y con qué intensidad la deseo.

Todo me excitaba de ella. Los ligeros vestidos de verano que llevaba y que le dejaban los brazos al aire, su pelo largo, sus ojos grandes y melancólicos, su cuerpo esbelto.

Por eso, cuando le declaré mi amor en La Castellana, ya entonces perdidamente enamorado de ella, y no sólo me aceptó sino que descubrí, encantado, que era el primer hombre de su vida, sentí una especie de orgullo indescriptible, sí, ésa es la palabra, indescriptible.

Ser el primero significaba que nadie hasta entonces la había tocado, o sólo quizá algún beso furtivo, un roce, una caricia fugaz, pero significaba sobre todo que nadie hasta entonces la había penetrado, que nadie hasta entonces había accedido a su intimidad. Yo iba pues a ser el primero.

Soy el primero.

Es por la tarde, una resplandeciente y cálida tarde de verano. Llevo a Laura a la casa que comparto con mis amigos, y la beso apasionadamente. Despacio, muy despacio introduzco mi mano por debajo de su falda, acaricio su sexo y ella no parece asustarse. Es verdad que la deseo con furia pero quiero ir con suavidad, con mucha suavidad, para disfrutar del hecho de que aún sea virgen, pues me encanta que sea virgen para mí, me encanta, me encanta.

Me doy cuenta de que no hago más que repetirlo, pero no puedo evitarlo. Sé que no está bien ser celoso, pero eso tampoco puedo evitarlo, lo soy.

Como, lógicamente, Laura no tiene la menor experiencia, decido esperar hasta mañana para hacer el amor con ella.

Hacer el amor con ella.

Aunque en este momento es lo que más deseo en el mundo, puedo, debo esperar a mañana.

Laura no dice nada e interpreto que le han gustado mis besos, mis caricias, mi primer acercamiento que para mí ha sido una maravilla total.

Estoy emocionado.

2. La visita de Claudio

Juan ha llegado a ser un famoso escritor y, como es muy vanidoso, a pesar de que le gusta aparentar indiferencia, acepta que un periodista (aunque no le suena su nombre y aunque tiene por norma, desde que alcanzó la cierta fama que ahora tiene y que tantos años le ha costado conseguir, no dejar que le entrevisten sino periodistas de reconocido prestigio) vaya a su casa a hacerle una entrevista.

Juan vive en un piso lujoso de uno de los barrios residenciales de Madrid, con su mujer con la que lleva muchos años casado y con la que no tiene hijos.

Juan ha dicho al periodista que vaya a su casa a media tarde, en su opinión la mejor hora, porque no sólo no tiene que ofrecerle un café que siempre es complicado: con leche, sin leche, con azúcar, sin azúcar, sino porque es la hora en que Juan empieza a beber whisky, las seis de la tarde, y porque servir whisky es fácil, el mismo esfuerzo para su whisky que para el del periodista, si es que el periodista quiere beber whisky con él. Basta con utilizar las pinzas o meter dos veces la mano en el recipiente del hielo e introducir un par de cubitos en cada vaso, porque los vasos siempre están en el salón, sobre la bandeja de plata que les regaló su suegra el día de su boda. Así pues, si el periodista quiere un whisky, se lo dará, aunque a Juan no le importe (no le importa en absoluto porque está acostumbrado), beber solo. Lo hace siempre. En sus largos años de matrimonio no ha conseguido que su mujer beba con él, beba como él.

Juan acaba de levantarse de la breve siesta que empezó a echar después de comer cuando cumplió cincuenta años, ahora hace doce, y se dirige al cuarto de baño. Se peina cuidadosamente, se lava la cara y cuelga la bata que lleva puesta detrás de la puerta. Sale del cuarto de baño y recorre la solitaria y lujosa casa en la que vive.

Su mujer no está.

La mujer de Juan trabaja en una especie de fundación, de esas que se dedican a organizar actos culturales diversos, mesas redondas, jornadas literarias y exposiciones antológicas, y pasa la mayor parte del tiempo fuera del hogar. Como Juan suele decir en las entrevistas, con su mujer comparte la casa, las familias de ambos, las fiestas y los sólidos lazos del matrimonio, pero nada más.

Después de comprobar que el recipiente del hielo está lleno de cubitos y la botella de whisky casi llena, se sienta en una de las cómodas butacas del salón y coge de una de las mesas el periódico que compró por la mañana, pues siempre baja a las once a comprar el periódico, lleva toda su vida haciéndolo, y cuando se dispone a hojearlo, suena el timbre de la puerta.

Juan está acostumbrado a que le entrevisten, sobre todo ahora que acaba de publicar su última novela y que al parecer está teniendo un éxito más que aceptable, así que, aunque no ha visto en su vida al hombre que ve al abrir la puerta, le invita a entrar, y después de ofrecerle un whisky que el periodista acepta, le indica con un gesto dónde debe sentarse, frente a él en otra de las cómodas butacas del amplio salón.

Juan vuelve a acomodarse en la butaca en la que estuvo sentado antes y en la que aún está el periódico, que retira para sentarse, y espera mientras el periodista, un hombre fuerte y robusto de unos cuarenta y cinco años, saca un pequeño cuaderno de notas y una pluma.

–¿No ha traído grabadora? –pregunta Juan.

–No la necesito –responde el periodista.

Juan da un sorbo a su vaso de whisky y después lo agita para escuchar el tintineo que emiten los cubitos de hielo. El periodista también da un sorbo a su whisky, busca una postura cómoda y cuando cree haberla encontrado, mira a Juan.

–Laura –dice.

–¿Cómo? –pregunta Juan, sorprendido.

–Tengo que confesarle algo –afirma tranquilamente Claudio–. Me llamo Claudio y no soy periodista. He venido a hablar con usted de Laura, una de mis amigas más queridas. Creo habérselo dicho por teléfono, ¿o no? Quizá no. Seguramente tuve miedo de que no quisiera recibirme si le decía que no soy periodista y que mi intención no era hablar de usted. Sí, eso debió de ser, porque estoy convencido de que, de haberlo sabido, no me habría recibido.

–No –dice Juan, indignado–. Por supuesto que, de haberlo sabido, no le habría recibido.

–No me habría recibido –repite Claudio–, lo sabía.

Juan se levanta.

–Le ruego que salga de mi casa –dice.

Claudio no se mueve.

–Sólo será un momento, se lo prometo –dice Claudio al cabo de un breve silencio haciendo un gesto a Juan para que vuelva a sentarse.

Juan es curioso por naturaleza y además el whisky está empezando a hacerle efecto. Piensa que por un lado ya ha perdido la tarde y por otro que si echa a Claudio le quedará la duda de lo que habría podido llegar a sentir después, no sólo por su negativa a hablar con él, sino por el hecho, siempre desagradable, de haberle echado de su casa. Probablemente Claudio es uno de sus muchos lectores y, como Juan es un escritor bastante famoso, sabe que hay cosas que un escritor famoso no se puede permitir. Además, hace mucho que nadie le pregunta por Laura, que nadie le habla de ella.

–¿Qué quiere saber? –pregunta Juan a Claudio volviendo a sentarse.

–Si usted la amó.

Juan mira a Claudio como si lo que acaba de preguntarle fuera lo más natural del mundo.

–Fui el primero –responde.

–¿La amó?

–Lloré cuando me abandonó.

–Pero, ¿la amó?

–¿Qué estúpida pregunta es ésa? ¿La amó, la amó? La odio.

Claudio saca un cuadernito del bolsillo y escribe. Una sola palabra. Odio. Piensa que seguramente Juan le hablará de ella. La provocación ha resultado más fácil de lo que esperaba.

–¿La odia? ¿Todavía? –pregunta.

–Siempre.

Juan se levanta, pasea por el salón y se acerca a la ventana. Está anocheciendo. Descorre la cortina y mira el también lujoso edificio de enfrente. Luego vuelve a la butaca, se sienta, se sirve más whisky y mira a Claudio.

–Y usted, ¿quién es? ¿Otro de su lista? ¿Uno más de su lista interminable?

–Su amigo, ya se lo he dicho.

–¿Amigo? ¿Nada más que amigo?

Claudio apura de un trago el contenido del vaso y se sirve más whisky sin consultar a Juan.

–A Laura me la presentó mi mejor amigo –dice–, que también está enamorado de ella.

–¿Por qué dice «también»? Yo la odio. La odio a ella y odio sobre todo a sus amantes, a todos, y si su amigo se encuentra entre ellos, también odio a su amigo aunque no le haya visto en mi vida. ¿Lo entiende?

–No.

–¿Por qué no?

–Teniendo en cuenta los años que han pasado, debería serle indiferente, ella y esa extraña lista de la que habla.

–Se equivoca –responde Juan, con firmeza–. A medida que pasa el tiempo, el odio, en lugar de disminuir, aumenta. Jamás, aunque pasen mil años, la perdonaré, y respecto a la lista, no es extraña, existe.

–¿Los conoce?

–¿A sus amantes? Sólo a algunos y me parecen detestables.

–¿De verdad cree que ha habido tantos?

–Muchísimos.

Claudio no puede evitar una sonrisa.

–¿Le hace gracia? –le pregunta Juan, muy serio.

–Perdone. No quería ofenderle, pero es que su odio me parece un poco desproporcionado, después de tantos años... ¿Cuántos han pasado exactamente?

–¿Desde que me abandonó? Más de treinta y cinco.

–¿Cómo puede odiarla más de treinta y cinco años después?

–Estaba enamorado de ella y me abandonó. Estábamos a punto de casarnos y me abandonó. Toda mi vida era ella, la vida de entonces y la que quise vivir después, a su lado, y me abandonó. Fui su primer hombre, el primero en todos los aspectos, ya me entiende, pero sobre todo el primero que quiso pasar el resto de su vida a su lado, formar un hogar con ella, y me abandonó. Un día, de repente, huyó de mí y se fue a París, y, cuando volvió, había dejado de quererme, si es que me había querido alguna vez. Inmediatamente después empezó la larga lista de sus amantes, una lista interminable, se lo aseguro, de la que no quise saber nada y de la que siempre acabé sabiéndolo todo, una lista que sigue aumentando por las escasas noticias de ella que aún me llegan, a pesar de que ya no es una mujer joven.

–Yo entiendo perfectamente que mi amigo esté perdidamente enamorado de ella –dice Claudio mirando fijamente a Juan.

–Su amigo, ¿es el último... de la lista? –pregunta Juan, de repente terriblemente abatido.

–No sé nada de su lista, pero si existiera, no, mi mejor amigo no sería el último.

—No quiero saber por qué, no me importa.

—Y ¿usted?

—Cuando me abandonó hice lo único que podía hacer. Esperar, esperar y esperar. Primero que volviera de su huida, porque se había ido, ¡nada menos que a París!, y después, que dejara de seguir buscando otros brazos, otros hombres, otras ciudades, pero jamás regresó. A mi lado, no. A partir de entonces dediqué mi vida a vengarme en otras mujeres del daño que ella me había hecho... ¿Así que hay otro? ¿Otro después de su amigo?

—Eso parece, aunque aún no le conozco.

—¿Se lo ha dicho ella?

—Volvamos a usted, si no le importa. Hablábamos de los motivos de su odio...

—No lo entiende, ¿verdad? ¿No lo entiende y me está diciendo que la lista sigue aumentando?

—¿Hace mucho que no la ve?

—Muchísimo. Años. No quiero verla. Me perturba demasiado y además no puedo evitar decirle cosas desagradables cuando hablo con ella.

—¿Le dice cosas desagradables?

—Espere. Voy a por otra botella. El alcohol no resuelve, pero ayuda, ¿no le parece?

Claudio no responde.

Juan se levanta y sale del salón. Cuando vuelve, enciende una lámpara baja porque fuera empieza a anochecer, abre la botella, sirve a Claudio, se sirve él y añade a cada vaso nuevos cubitos de hielo. Se sienta y se queda un instante con la mirada perdida.

—¿Le dice cosas desagradables? —repite Claudio.

Juan le mira y bebe. El resorte de la memoria se ha puesto en marcha y no puede, no quiere detenerlo. Se dispone a contar, al hombre que está sentado frente a él, un hombre que se ha atrevido a hacerse pasar por periodista y al que hasta esta tarde no había visto jamás, la historia más dolorosa de su ya larga existencia. Laura ha vuelto a hacer su aparición, no en su vida sino en su memoria, y él revive su imagen, no sólo la de la jovencita de la que se enamoró, sino la de la mujer madura que es ahora. De repente, sin saber por qué, quiere hablar de ella, de él, de lo que ocurrió. De repente no le importa contárselo a ese hombre con el que está compartiendo su whisky y su tristeza.

–Empezaré por el final, si no le importa. Una noche Laura nos invitó a cenar a mi mujer y a mí. Al menos una vez al año, Laura y el hombre con el que vivía, y que jamás formó parte de la lista, nos invitaban a cenar...

–Perdone –le interrumpe Claudio–. ¿Por qué ese hombre, según usted, no forma parte de la lista?

–Porque fue su marido, no su amante. Laura se casó con él para llevar una vida tranquila, para huir de algún modo de sus amantes, pero no sólo no lo consiguió sino que además hizo de aquel buen hombre una víctima, otra víctima, pues al final también acabó abandonándole.

–¿Cómo puede afirmar eso con tanta seguridad?

–Porque lo sé. El buen hombre era, y es, mi amigo, y como no fue, o al menos yo jamás le consideré, un rival, solía pedir a los dos, cada vez que mi mujer y yo íbamos a la ciudad en la que vivían, que nos invitaran a cenar. En teoría todos éramos amigos. Durante aquellas cenas, mi mujer, que detestaba y detesta a Laura, se dedicaba a ignorarla y a hablar con su marido, y yo siempre tenía que emborracharme para sobrellevar la velada. Y así un año tras otro. Pero aquella noche, aún no sé por qué, sí, seguramente porque llevaba años deseándolo, hice algo que nunca había hecho. Dejé a mi mujer y mi amigo charlando en el salón, entré en la cocina donde Laura estaba acabando de preparar la cena y me ofrecí a ayudarla. Ella me dio un vaso de vino, un trozo de queso y un rallador, y, mientras yo bebía, rallaba queso y se cocían los tallarines, le conté que tenía una amante, que mi amante estaba encantada con los regalos que le hacía y que confiaba en que no se comportara como mi amante anterior, que había intentado suicidarse cuando quise dejarla. Laura me miró y me preguntó si estaba enamorado de ella. «¿De cuál de las dos? –le pregunté–, ¿de la última o de la que intentó suicidarse?» ¡Enamorado de mi amante! ¡Yo! Solté una carcajada. «Estuve enamorado una vez, una sola vez», le contesté mirándola fijamente a los ojos con todo el rencor que llevaba dentro y que hasta entonces no había podido sacar a la luz. «¿Por qué me lo cuentas?», me preguntó Laura. «No lo sé –le respondí–, quería que lo supieras». Luego le dije lo que le acabo de decir a usted, que me había vengado en las demás mujeres del daño que ella me había hecho. «¿No has querido a ninguna?», me preguntó señalando con un gesto el salón donde seguían charlando mi mujer y su marido. «Sólo estuve enamorado una vez», le repetí. Luego me acerqué a ella por detrás y le acaricié el pelo. Ella se volvió hacia mí. Nos quedamos un instante mirándonos y la deseé con la misma intensidad con que la había deseado siempre, con la misma furia. Hubiera querido poseerla, violarla y después asesinarla, allí, en ese instante, en la cocina de su casa, pero me limité a pasarle el dedo por los labios. Ella empezó a temblar y se acercó para abrazarme, pero como yo no sabía qué había en su abrazo y temí que fuera compasión, retrocedí. De nuevo el odio se apoderó de mí, un odio que inmediatamente venció al deseo, y, furioso, salí de la cocina y desde la puerta, grité: «¡La cena está lista!». Después, mientras los cuatro cenábamos, evité mirarla. Sabía que mi confesión la había alterado, como me había alterado a mí, y sólo quería salir de su casa cuanto antes. Afortunadamente mi mujer y mi amigo continuaron la conversación que, al parecer, habían mantenido mientras Laura y yo estábamos en la cocina. Laura permaneció en silencio sin dejar de interpretar su papel de perfecta anfitriona y yo lo único que pude hacer fue acabar de emborracharme. Por fin llegó la hora de despedirnos. Aquella noche mi mujer tuvo que ayudarme a meterme en la cama. Estaba acostumbrada a mis borracheras, pero la de aquella noche fue, y mi mujer conocía el motivo aunque jamás me lo dijo, la más terrible que había presenciado en su vida conmigo.

Juan mira su vaso, otra vez vacío, y vuelve a llenarlo, pero Claudio ha decidido no beber más. Juan quiere emborracharse, pero Claudio no. Le interesan hasta los menores detalles de lo que Juan le está contando.

–A la mañana siguiente, una terrible resaca y los planes que habíamos hecho previamente mi mujer y yo, me distrajeron y recordaron que Laura no formaba parte de mi vida ni llegaría jamás a formar parte de ella. Lo había hecho otras veces y volvería a hacerlo. Olvidarla. O dedicarme a estar continuamente recordando que tenía que olvidarla. Olvidar el deseo que había vuelto a reavivarse la noche anterior, ante ella en la cocina de su casa.

Juan hace una breve pausa, se queda pensativo como para recordar exactamente lo que había pasado después, y continúa:

–Todo iba bien, volvía a la normalidad, hasta que a media tarde me entregaron una carta que alguien había dejado en el buzón. Era de Laura. Estaba impresionada, conmovida por lo que había ocurrido el día anterior y había llorado... ¿Sabe? Laura ha llorado mucho por mí. Me lo contó una vez y aunque no la creí, me habría gustado que fuera cierto. Me aseguró que soñaba conmigo, un sueño repetido, y que se despertaba llorando.

–¿Cree que se sentía culpable?

–Lo era.

–¿Y usted se encargó de recordárselo aquella noche?

–Exactamente. No era justo que sólo sufriera yo. Ella también tenía que pagar. El daño había sido enorme.

–¿Qué más le decía en la carta?

–Que quería volver a verme, abrazarme, hablar conmigo, que había pasado la noche llorando... no sé, la rompí. Estaba indignado. La indignación y el deseo de venganza me han salvado durante todos estos años, durante toda la vida que he pasado sin ella. Toda mi vida sin ella, ¿lo entiende? ¿Entiende mi indignación cuando recibí aquella carta en la que me hablaba de sus lágrimas? Yo hacía mucho que había derramado las mías, que no eran todas, aunque ojalá lo hubieran sido. Por eso las suyas no sólo no me conmovían sino me enfurecían. Si le había hablado de mis amantes había sido para reprocharle los suyos, para que se sintiera culpable, no para que me pidiera volver a verme. Yo no quería volver a verla y mucho menos volver a sentir la humillación de comprobar que seguía deseándola. Su carta no tenía sentido. ¿Qué pretendía escribiéndome? ¿Que la perdonara? Dígamelo usted, que dice conocerla y que tanto se interesa por ella. Dígame qué pretendía con la siguiente carta que me escribió unos días después...

Juan se levanta y vuelve a acercarse a la ventana. Fuera se ha hecho completamente de noche. Claudio también se levanta y se acerca a Juan. Como él, se queda mirando la oscuridad, iluminada por las luces de la ciudad. Juan vuelve a la butaca y sigue hablando, aunque Claudio se queda ante la noche, inmóvil.

—En la segunda carta me decía, creo recordar porque también la rompí, indignado, que me quería mucho pero que nunca había sabido cómo.

Claudio abandona la ventana y vuelve a la butaca.

—¿La contestó?

—Naturalmente que no. No tenía nada que decirle. Pasaron varios meses y mi mujer y yo volvimos a la ciudad en la que Laura vivía. En cuanto llegué, seguramente porque estaba acostumbrado a hacerlo, la llamé para que nos invitara a cenar. A Laura le sorprendió, más que mi llamada, el tono que adopté, como si no hubiera pasado nada, cuando le pedí que volviera a invitarnos. «No me parece una buena idea», me dijo. «¿Por qué?», le pregunté. Durante un instante, Laura se quedó callada al otro lado del hilo telefónico. Luego me preguntó si había recibido sus cartas. «Sí», le contesté, y ante su silencio, añadí: «¿Acaso esperabas que contestara unas cartas que no eran sino fotocopias de las que escribes a tus amantes?».

—Un golpe bajo —dice Claudio.

Juan hace un gesto de dolor.

—Se quedó callada un instante —continúa— y luego me preguntó: «¿Venganza póstuma?», y le respondí: «Venganza eterna».

–¿Fue la última vez que habló con ella?

–No. Dos años después, cuando se separó de su marido, volvió a Madrid y me llamó. Hablamos varias veces por teléfono hasta que dejamos de hacerlo. Una de las veces me preguntó si tenía miedo de verla y le dije que no, pero sí lo tenía, y lo tengo. Además sabía que no estaba sola, ella no ha estado ni estará sola jamás. Bueno, sola de soledad, sí, pero al mismo tiempo, y siempre, asediada y acosada por un bullicioso enjambre de admiradores. ¿Era con su amigo con el que estaba en ese momento? Creo que han vuelto a pasar diez años desde entonces. Me parece que nunca más volveré a verla. Mi amigo ya no es su marido y estaba claro que aquella noche, la de la cena/escena en la cocina de su casa, tenía que ser la última que nos reuníamos. Incluso mi mujer me dijo al día siguiente que no contara con ella para ver a Laura, que si quería verla fuera solo y que luego no se lo contara. Mi mujer y mi amigo habían estado hablando de Laura y de mí mientras habíamos creído que charlaban amistosamente de temas generales. Mi mujer sabe perfectamente que le soy infiel, pero también sabe que nunca lo sería en su presencia, y que jamás le contaría, ni le contaré jamás, mis infidelidades. Aquella noche en casa de Laura, mientras rallaba queso en la cocina, mi mujer tuvo que soportar mi infidelidad, aún más humillante para ella porque no llegó a consumarse, cosa que para mi mujer fue absolutamente imperdonable. Dejarla, como la dejé, en el salón con mi amigo, para meterme en la cocina con Laura a rallar queso, y que no nos encontrara, unos minutos después, revolcándonos a Laura y a mí por el suelo, jamás me lo perdonó. La infidelidad se había producido, porque mi mujer sabía con qué furia deseaba a Laura y con qué furia la deseé aquella noche, pero como no llegó a presenciarla, como no la vio con sus ojos, como no llegó a consumarse, como no pudo hacerme una escena porque en realidad no había pasado nada, tuvo que resignarse a imaginarla y por eso la humillación le resultó mucho más insoportable.

Claudio no ha escuchado la última parte. La mujer de Juan no le interesa.

–¿Por qué me dijo antes que quería empezar por el final? –pregunta Claudio.

–Porque el final es la culminación del resto, de todo lo anterior. A pesar de los años que han pasado, ni un solo día he dejado de pensar en ella. Cuando la conocí, traté de convencerme de que no era sino una aventura pasajera, pero pronto descubrí que estaba perdidamente enamorado. Era ella. La mujer era ella. Estaba conmigo y ni siquiera se me pasó por la cabeza que pudiera dejar de estarlo. Por eso me sorprendió tanto que me abandonara. Ése sí que fue un golpe bajo, sobre todo por lo inesperado. Si hubiera sabido exactamente por qué me abandonaba, los años que siguieron habrían sido más fáciles para mí. Pero nunca lo supe. Ella entró en mi vida para quedarse y yo no debí de entrar en la suya del mismo modo. Nunca, mientras estuvimos juntos, me dijo lo que no le gustaba de mí, y si alguna vez discutíamos, raras veces, era porque yo sí le decía lo que no me gustaba de ella. Como acabo de contarle, tenía mucho éxito con los hombres, y, según parece, lo sigue teniendo, pero vivía mis celos sin quejarse y se adaptaba a mí, o yo creía que se adaptaba a mí sin demostrarme la menor sombra de rebeldía. Quizá tenía que haber adivinado lo que nunca me dijo. Quizá debí prestarle más atención, no lo sé, pero estaba completamente seguro de ser para ella lo que ella era para mí. Es verdad que aquella Navidad, la última antes de su huida a París, me pidió, aunque nunca me lo había pedido, que me quedara a su lado, pero como siempre me iba, como siempre pasaba esas fiestas en mi pueblo con mi familia, le dije que también fuera ella a casa de mis padres (para empezar con ellos los preparativos de nuestra boda), y me prometió ir, cuando en su trabajo le dieran la semana de vacaciones que le correspondía, unos días después. Pero no sólo no fue sino que huyó y me escribió desde su huida una carta horrible en la que me decía que todo había terminado. ¡Terminado! ¿Cómo podía, de repente, haber terminado todo? Lo primero que hice fue echarme a llorar. La desesperación más profunda que un hombre llega a sentir pocas veces en su vida cayó sobre mí como una losa. Jamás llegué a saber qué había ocurrido durante mi brevísima ausencia, porque, a los tres días de mi marcha, Laura ya estaba en París. Jamás lo llegué a saber. A París le escribí muchas cartas, cartas que luego, cuando ya había pasado todo, le pedí que rompiera (demasiado suplicantes y demasiado desesperadas). Incluso estuve a punto de ir a buscarla, aunque al final no me decidí. Quizá tenía que haber ido. A París.

Juan da otro sorbo a su vaso de whisky. Claudio le mira y ve lágrimas en sus ojos.

–Perdone –dice Juan–. No puedo evitarlo.

Juan se levanta y se dirige al cuarto de baño.

Se lava la cara y luego se mira en el espejo. Ha bebido tanto que debería estar borracho, pero no lo está, no sabe por qué.

Cuando vuelve al salón, y ahora por primera vez, se da cuenta de que está contando a un desconocido lo que no ha contado a nadie jamás. Y siente una especie de alivio.

–¿Quiere que me vaya? –le pregunta Claudio–. ¿Que vuelva otro día? ¿Que no vuelva más?

–Haga lo que quiera, pero me parece que se lo he contado todo.

Claudio se queda un instante pensativo.

–Me ha dicho antes que usted fue el primero –dice.

–Sí.

–Y ¿después de usted?

Juan mira a Claudio y a su gesto vuelve la indignación.

–Un ser repugnante de ojos saltones al que hasta entonces había considerado mi amigo y al que odio profundamente.

Juan hace una pausa.

–Como ya le he dicho, no los conozco a todos, pero mi odio hacia ellos es el mismo. Bueno, no, el mismo no. Al hombre de los ojos saltones ya le odiaba antes, pero luego, naturalmente, le odié mucho más. ¿También va a hablar con él? ¿Con todos sus amantes?

Claudio no responde.

–¿De verdad no es usted, o ha sido, su amante? –pregunta Juan a Claudio–. Me han contado que en la lista los hay más jóvenes que ella. Y usted lo es.

–Yo soy su amigo.

En ese momento suena una llave en la puerta del lujoso piso y unos pasos avanzan por el pasillo.

–Mi mujer –dice Juan.

3. La declaración

Ayer por la tarde, en una terraza de La Castellana, Juan me declaró su amor.

Mi hermano me dijo que Juan y él querían invitarme a una horchata para darme las gracias por el trabajo que les he pasado a máquina y que ya han presentado en la facultad.

Era última hora de la tarde y en la terraza de La Castellana se estaba bien. Cuando mi hermano terminó su horchata, dijo a Juan que pagara él, que ya harían cuentas, que tenía prisa porque había quedado con su novia. Inmediatamente se levantó y se fue. Juan y yo nos quedamos solos.

–¿Cuándo cumples veinte años? –me preguntó Juan de repente.

–Aún no he cumplido dieciocho –le respondí.

–Eso quiere decir que ¡tienes diecisiete! –exclamó Juan.

–Pero estoy a punto de cumplir dieciocho –dije, porque de repente no quería ser tan joven–. Dentro de unos días.

Juan se quedó pensativo y luego dijo:

–Bueno, no importa, en realidad no importa. Cuando pasen unos años, ocho de diferencia no se notarán.

Ésa fue su declaración.

Su declaración de amor.

A pesar de todo, se quedó preocupado. Él es un hombre y yo una niña. Una niña que ayer, y hoy aún más, se siente halagada por la declaración de Juan, por el amor de Juan, por la elección de Juan.

Esta tarde, Juan y yo hemos quedado en la calle de Princesa.

–No te importa que no te vaya a buscar, ¿verdad? –me ha preguntado Juan sin esperar mi respuesta–. Coges el autobús 1 en Serrano y yo te espero en la parada siguiente a la plaza de España.

Cuando llego, Juan me está esperando, como me prometió, en la parada, y me lleva a la calle de Ventura Rodríguez, al piso que comparte con una pareja amiga suya.

En el salón hay un gran ventanal por el que entra un inmenso, agresivo chorro de la brillante luz de julio.

Nos sentamos en el sofá y Juan me besa en la boca.

Yo no sabía que los besos de verdad eran así. Sólo los había visto en el cine, pero en las películas el actor aprieta sus labios contra los de la actriz, después los separa y las bocas de los dos quedan secas. Pero Juan no me besa como en las películas. Juan me mete la lengua en la boca, su saliva se confunde con la mía y a mí, en este momento, me sorprende y me da asco. Su lengua recorre el interior de mi boca y me invade su sabor. Un sabor a tabaco negro al que en este momento comprendo que no tendré más remedio que acostumbrarme, pero que ahora no me gusta. Luego Juan introduce su mano por debajo de mi falda y empieza a acariciarme entre las piernas hasta llegar a mi sexo que nadie había tocado antes, y me estremezco cuando mete uno de sus dedos dentro de mí.

Siento una rara sensación que no sé si me gusta, como de vergüenza, como de pudor, pero no me atrevo a decírselo. Quiero que deje de tocarme como me toca y de besarme como me besa, pero no me atrevo a decírselo. No sé por qué, pero no quiero aparecer ante él como la inexperta adolescente que soy. Además, seguramente esto del sexo es así, esto del sexo del que aún no sé absolutamente nada.

En una pausa de sus besos y sus caricias, miro a Juan y me cuesta reconocerle. Él también me mira y su boca llena de mi saliva mezclada con la suya me sonríe. No me gusta su sonrisa, la sonrisa que veo dibujada en sus labios y que no consigo reconocer, y en este instante le odio, porque no me ha preguntado antes y sigue sin preguntarme ahora, si quiero que me bese como me está besando y que me acaricie como me está acariciando.

Trato de no pensar en nada cuando dos horas después espero el autobús, en la misma parada de la calle de Princesa, para volver a casa.

Juan está a mi lado, ha venido a acompañarme como antes fue a buscarme, pero sólo hasta la parada.

–No te importa ir sola, ¿verdad?

–No, no me importa.

En realidad prefiero, aunque eso no se lo digo.

Cuando subo al autobús y Juan me despide con un gesto de la mano, en lo único que pienso es en llegar a casa cuanto antes, ducharme y borrar las huellas que Juan ha dejado en mi cuerpo recorriéndome, humedeciéndome, buscándome.

Me ha dicho que mañana nos desnudaremos y haremos el amor, que quiere ir despacio, que hoy sólo ha sido una aproximación, un primer contacto para empezar a acercarnos lenta e íntimamente, pero que mañana sus amigos se irán para dejarle la casa libre, e incluso le han dado permiso para que ocupe, ocupemos, su cama de matrimonio, pues la de Juan es demasiado pequeña, y yo, mientras el autobús atraviesa la Gran Vía, pienso que no quiero que llegue mañana, que aunque Juan y yo seamos novios, me asusta hacer el amor con él, me da la impresión de que no me va a gustar, porque si no me han gustado sus besos, ni su mano entre mis piernas, cómo me va a gustar desnudarme a su lado, abrazarle desnuda, que me abrace él, cómo será su cuerpo...

La verdad es que yo creía que el amor era otra cosa.

Lo había imaginado de otra manera.

Me quedo callada cuando al día siguiente Juan me conduce otra vez a su casa, y luego de la mano al dormitorio de sus amigos y allí me besa como me besó ayer, metiéndome su lengua en mi boca, y me abraza apretándose contra mí hasta que su sexo se aplasta contra el mío, y empieza a desnudarme con torpeza, como si no pudiera esperar, brusca, violentamente, a pesar de que demuestra una gran habilidad pues consigue fácilmente desabrocharme el difícil mecanismo del sujetador y la siempre un poco atascada cremallera del vestido. Ayer me contó que fue una prostituta la que se lo enseñó todo sobre el sexo, cuando él tenía dieciséis años. Una puta. Él la llamó puta. Yo tengo diecisiete y Juan es el primer hombre de mi vida.

No entiendo lo que ocurre después. Él también quiere que le desnude yo, y yo no quiero desnudarle. Me da miedo su cuerpo grande, me asusta verle desnudo, temo sus manos que cogen las mías y las llevan a la cremallera de su pantalón, que es él quien, impaciente, acaba bajando. Después, también temo su órgano grande y duro que surge de repente, su órgano masculino que nunca antes había visto en erección.

No quiero mirar y cierro los ojos.

Juan se abalanza sobre mí y me tira a la cama. No deja un solo minuto de recorrerme, primero el interior de mi boca con su lengua, y después mi cuerpo tenso y aterrado. Sigo con los ojos cerrados sintiendo el enorme peso del cuerpo de Juan sobre el mío. Su pene, grande y duro, está ahora encima de mi cavidad tratando de penetrar en ella a pesar de que no siento sino dolor. Un dolor desagradable y agudo, helado.

De repente tengo miedo de quedarme embarazada. Juan me tranquiliza, como si hubiera adivinado mi pensamiento. Es la primera vez que me habla.

–No te preocupes –me dice en un susurro, y me cuesta reconocer su voz–, si hay algún problema nos casamos. Como de todas formas vamos a casarnos...

No le contesto.

En este instante me horroriza casi más la idea de casarme con Juan que el dolor que me produce su intento de penetración. Afortunadamente, en el último momento Juan retira su órgano de mi umbral y el dolor cesa.

–Por si acaso –dice–, y me coge la mano, la coloca en su pene y me enseña a agitárselo rítmicamente.

Ahora es el brazo el que me duele, pero prefiero este dolor. Juan suspira, grita, se retuerce. De repente mi mano se llena del lechoso líquido de su semen, Juan se relaja, deja de gritar y de jadear y ahora es él quien cierra los ojos. Siento que he dejado de existir para él, que he dejado de importarle.

Lo único que quiero en este momento es lavarme la mano pringosa, pero no tengo más remedio que esperar. Juan se ha quedado dormido y estoy completamente inmovilizada.

Me abrazan sus brazos, me apresan sus piernas, y me aplasta su fuerte y enorme corpachón.

Luego, cuando ha pasado un tiempo que se me ha hecho eterno, Juan abre los ojos, me aparta bruscamente de su lado y empieza a vestirse sin pronunciar una sola palabra.

Yo busco mi ropa entre las sábanas, en el suelo, y me la pongo despacio.

Ni siquiera tengo ganas de llorar.

–Date prisa –dice Juan al fin–, si llegas tarde, tus padres te regañarán. Iré contigo como ayer, pero sólo hasta la parada del autobús. No te importa que no te acompañe a casa, ¿verdad?

No respondo.

Tengo mis cavidades, por primera vez penetradas, doloridas. Quisiera que Juan me preguntara cómo estoy, si me ha gustado, qué siento, pero no lo hace. Espero que me abrace, esta vez con ternura, para ahuyentar la impresión que me ha quedado, pero no lo hace.

Pues si esto es el amor, pienso mientras el autobús rodea la Puerta de Alcalá, no me gusta absolutamente nada. La verdad es que había imaginado otra cosa. No creí que el amor doliera tanto y sobre todo que fuera tan espantosamente triste.

4. La venganza

Ante todo, y para que no te emociones (si es que te ha alegrado ver el sobre en el buzón, tu nombre con mi letra), quiero aclararte que esto no es una carta sino una (procuraré que lo más breve posible) nota, sólo porque no pareces enterarte de lo que no quiero que sigas haciendo.

Como habrás visto, no he puesto fecha alguna en la parte superior del folio, ni he empezado diciendo «Querida Laura», como suele hacerse en las cartas. Así pues, confío en que te haya quedado perfectamente claro que esto no es una carta sino una nota.

Una simple nota.

Una nota que, si me he decidido a escribirla, ha sido porque estoy completamente harto, no sólo de que me escribas cartas (que siempre acabo leyendo y arrepintiéndome de haberlas leído), sino de lo que me dices en ellas.

«Quiero abrazarme a tu cuerpo grande», lamentable ejemplo de una de las frases que me decías en la última.

En primer lugar, y aunque en una época lo fue, mi cuerpo (al que no sé por qué insistes en querer abrazarte), ha dejado de ser grande (me costó mucho adelgazar y conseguir esta estilizada imagen de sesentón de buena pinta que ahora tengo), pero aunque lo fuera, aunque mi cuerpo siguiera siendo grande, no hay ningún motivo para que yo te deje abrazarte a él.

¿Por qué habría de hacerlo?

Mi vida tomó un rumbo diferente del tuyo (siempre lo olvidas) y tú ya no perteneces ni a mi vida ni a mi rumbo.

También estoy harto de que me hables de tus lágrimas, harto de que me cuentes que cada vez que sueñas conmigo te despiertas llorando, harto de que, según tú, mi recuerdo te estremezca, te encoja el corazón, te forme un nudo en la garganta y te haga llorar.

¿Por qué te empeñas en contármelo, en repetirlo una y otra vez?

¿No te das cuenta de que no me impresiona lo más mínimo? ¿No comprendes que el amor que te tuve (y que tú destruiste) se convirtió, con el paso del tiempo, en un odio profundísimo, despiadado y feroz?

¿Por qué no aceptas de una vez que lo que yo quiero es verte como te vi la última vez (aquella en que me puse a rallar queso en la cocina de tu casa), sorprendida de mis palabras y horrorizada, y que sólo deseo que seas desdichada?

Te ruego, te exijo que dejes de escribirme. Mi mujer es la que abre, todos los días, el buzón, y, aunque es muy discreta, noto en su gesto que no le hace ninguna gracia entregarme las cartas que me escribes.

¿Es que también quieres destruir mi hogar, mi matrimonio, la aburrida vida que después de muchas lágrimas (las mías sí brotaron de un dolor cuya magnitud jamás podrás imaginar) he logrado edificar?

Te lo dije una vez, hace tiempo, por teléfono. Que estoy convencido de que las cartas que ahora me escribes a mí son exactamente iguales (las mismas, fotocopiadas) a las que diriges, y te has pasado la vida dirigiendo, a tus amantes. Entonces mis palabras te parecieron crueles, y realmente lo eran (odio a tus amantes con la misma furia con la que te odio a ti), y seguramente aquel día lloraste de verdad, pero sólo porque herí tu orgullo.

Sin embargo a pesar de todo, y de aquellas palabras que pronuncié sólo para ti y que seguramente calificaste de perversas porque lo eran, pasó el tiempo y volviste a escribirme, a buscarme, a decirme que querías (qué obsesión) abrazarte a mí.

Demasiado tarde.

Hubo un tiempo en que quise pasar el resto de mi vida contigo, pero fuiste tú, lo olvidas siempre, la que me abandonaste. ¿Por qué te empeñas ahora, después de tantos años, en remover las viejas cenizas, en decirme cosas que no quiero oír, en llorar lágrimas inútiles y tardías, en tratar de introducirte en las sagradas paredes de un hogar que me obligaste a construir sin ti? ¿No comprendes que aquel sentimiento (el que sentía por ti) bueno, sereno y apasionado, hace mucho que se transformó en rencor?

Te equivocaste y estás arrepentida. Después de mí te has ido enamorando de hombres que no sólo no te han querido absolutamente nada, sino que, estoy seguro, se han portado como cerdos, lo que por otra parte eran, contigo, aunque si te han hecho daño, el daño, ese daño a ti, tengo que confesártelo, me ha alegrado siempre y me sigue alegrando ahora.

Era mi venganza.

Es mi venganza.

Ahora estás sola, presa en tu soledad y a merced de los nuevos, pérfidos amantes que vayan surgiendo en tu camino, y que serán muchos, seguro, presa en una cárcel en la que me encanta verte, y de la que no sabes cómo escapar. Por eso me buscas, por eso me escribes, por eso lloras. ¿Para que yo te consuele? Cometiste el error de rechazarme y ahora estás arrepentida.

El problema es que yo no quiero saber de ti, ya no. Te fuiste y no deseo que vuelvas, me abandonaste y ahora no sólo te abandono yo, sino que me encanta hacerlo. Es mi venganza. Y así quiero verte, imaginarte. Así, como te veo y te imagino. Sola y desdichada, arrepentida y llorando. Así. Buscándome sin encontrarme, llamándome sin recibir respuesta, intentando verme para reparar el irreparable daño que me hiciste, deseando abrazarte a mí y yo rechazando tu cuerpo menudo y aterido.

Es verdad que no te he perdonado, que no te perdonaré jamás, y ahora no sólo te pido que me dejes en paz, que no me escribas, que no me llames, que no me digas que quieres viajar conmigo (no sé si era viajar lo que querías, pero no importa, si no era eso, seguro que era algo igual de absurdo), que no me manifiestes tu necesidad de pegarte a mí, sino además deseo ardientemente que sufras lo que yo sufrí, que llores lo que yo lloré, que te lamentes como yo me lamenté. Por eso te mando esta nota que, como ves, no es una carta en absoluto.

Adiós.

No vuelvas a escribirme porque quemaré tus cartas sin abrirlas, no vuelvas a llamarme porque colgaré el teléfono cuando oiga tu voz, no vuelvas a soñar conmigo porque tus lágrimas no me conmoverán. Quédate tan sola como me quedé yo cuando me abandonaste, y sigue estando y siendo tan desvalida como no quisiste dejar de estarlo y serlo a mi lado.

Hasta nunca.

Juan.

5. La novia

Han pasado varios meses desde que Juan me declaró su amor en una terraza de La Castellana y, por lo tanto, Juan y yo somos novios desde hace esos varios meses.

En este momento avanzo por la calle del Cardenal Cisneros y, cuando llego al portal, me detengo unos segundos antes de decidirme a entrar.

Juan me ha pedido que vaya a su casa, al piso interior que ahora comparte con otro de sus amigos, un hombretón que parece un anciano, aunque seguro que sólo es un poco mayor que Juan.

Hoy no quedaremos donde solemos quedar siempre. Hoy no ha querido que nos encontremos en el Café Comercial. Aunque por supuesto no lo ha hecho por eso (evitar que yo tenga que soportar sus frecuentes y habituales plantones), hoy no me hará esperar (¿por qué jamás será puntual, jamás?) mientras tomo un café, o mil cafés, y me siento desdichada. No me hará esperar porque será él quien me espere, en su casa.

Seguro que lo que quiere es que hagamos el amor en la cama pequeña de su cuarto.

Seguro que es eso lo que quiere.

Aún no sé que yo podría sentir algo si él no pensara exclusivamente en su placer, si pensara también en el mío, si en el transcurso del acto amoroso yo existiera para él y no me adjudicara solamente el papel de instrumento de su placer individual, pero como eso aún no lo sé (porque hasta que le conocí no sabía nada del sexo y porque Juan es el primer hombre con el que he mantenido relaciones íntimas, relaciones en las que jamás decido absolutamente nada: unas veces me penetra y me duele, me sigue doliendo aunque él me asegura que pronto dejará de dolerme, y otras le masturbo y entonces se me queda agarrotado el brazo), nunca me apetece, y, cuando Juan me propone que vaya a su casa, siempre le digo que prefiero ir al cine, en el que pasamos, afortunadamente, todas las tardes, todas menos las que se empeña en que vayamos a su casa.

Como hoy.

–Ven a mi casa –me ha dicho por teléfono–, estoy un poco griposo y no me conviene salir. Puedo coger frío.

Una excusa.

No sé por qué nunca me lo dice claramente.

Que lo que quiere es hacer el amor.

Estoy ante el portal de la casa de Juan, en la calle del Cardenal Cisneros, y aunque lo que realmente deseo es coger otra vez el autobús y volver a mi casa para no tener que hacer el amor esta tarde (porque no me gusta hacer el amor, porque sigue sin gustarme, porque nunca me gusta, porque Juan no sólo jamás piensa en mí, sino que tampoco me pregunta nunca qué siento, porque en este momento creo que hacer el amor es esto, sólo esto, una pequeña tortura, porque, aunque aún no lo sé, tendré que dejar a Juan y enamorarme de otro hombre, y tener relaciones íntimas con otro hombre, para descubrir que el sexo es otra cosa), entonces, y a pesar de que lo que quiero es huir, entro en el portal sombrío.

Aunque no la miro, veo con el rabillo del ojo cómo la portera descorre la cortinilla de la portería para saber quién entra, para reconocerme, para juzgarme, para censurarme otra vez, como siempre, con su silencio.

Subo la oscura escalera (como es una casa vieja no tiene ascensor) y avanzo por el aún más oscuro pasillo de los pisos interiores, los que dan al patio, en uno de los cuales viven Juan y su amigo.

Otra vez me detengo, con el dedo a unos centímetros del timbre.

Aún estoy a tiempo.

Puedo volver a bajar la escalera y huir, pero no lo hago. Juan se enfadaría, se enfadaría muchísimo, y no me gusta nada que Juan se enfade. Se pone como una furia y no sé qué hacer, cómo reaccionar.

Me ha pedido que venga y aquí estoy, paralizada e inmóvil en el descansillo, nada convencida de que soy libre, de que puedo llamar al timbre o no llamar, nada convencida de que puedo quedarme o marcharme, nada convencida.

Entonces oigo que alguien sube la escalera y, como no quiero que un desconocido me encuentre aquí, dudando, llamo y espero.

No han pasado ni cinco segundos cuando la puerta se abre. Juan tira de mí hacia el interior, vuelve a cerrarla, y entonces me abraza bruscamente. Me besa y me llena la boca de su saliva que siempre sabe a tabaco negro. Luego me coge la mano y me lleva al salón de la casa, si es que se puede llamar salón a un espacio sombrío en el que el pasillo se agranda, y en el que Juan y su amigo han puesto un sofá viejo y dos butacas desvencijadas.

Allí, en el sofá, están su amigo y una chica embarazada vestida de azul. A la chica embarazada es la primera vez que la veo, y de pronto siento una profunda lástima por ella. No me gusta el amigo de Juan. No me gusta cómo mira. Cada vez que voy a la casa de la calle del Cardenal Cisneros está con una chica distinta, pero hasta ahora ninguna me había dado pena. Sin embargo ésta, embarazada de otro hombre que no es el amigo de Juan, cosa de la que me entero después, me produce una honda impresión, no sé por qué.

Juan me presenta a la chica embarazada del vestido azul sin soltarme la mano. El amigo de Juan me sonríe, pero no me gusta su sonrisa. Luego se levanta, empuja a la chica embarazada y la mete en su habitación, un cuarto sin ventana pero, eso sí, grande y con cama de matrimonio.

Juan, entonces, vuelve a tirar de mi mano (que no ha soltado en ningún momento) y me lleva a su cuarto, más pequeño que el de su amigo y con una cama también más pequeña que la de su amigo, pero afortunadamente con ventana; una ventana pequeña que da a un patio muy oscuro, pero una ventana al fin y al cabo.

–Laura, tengo una sorpresa para ti –me dice al entrar.

Miro a mi alrededor.

Allí, en su cuarto, en un rincón, sobre una silla, ha instalado un tocadiscos, y rápidamente, sin esperar que yo pronuncie una sola palabra, pone el *Concierto del Emperador*, cierra la puerta y se abalanza sobre mí.

Beethoven no tiene la culpa de mi tristeza. No tiene la culpa de que a Juan le encante hacer el amor conmigo y que a mí me horrorice. No tiene la culpa de que el cuarto de Juan sea tan feo, ni de que la cama sea tan pequeña. Beethoven no tiene la culpa de que el encuentro, que se está produciendo en este momento, no sea amoroso sino violento, torpe y precipitado. No tiene la culpa de que yo no sienta el menor placer ni de que aún no sepa que podría sentirlo.

Beethoven no tiene la culpa de nada.

Cuando todo ha terminado, el semen de Juan impregna las sábanas, que no están demasiado limpias, y él, Juan, cierra los ojos y se duerme.

En el tocadiscos sigue sonando el *Concierto del Emperador* mientras busco mi ropa y mientras, como siempre, me cuesta encontrarla. El vestido está en el suelo, debajo de los pantalones de Juan, lo primero que me ha quitado, arrancado casi, pero no veo por ninguna parte mi ropa interior. Seguramente se ha quedado entre las sábanas.

Cuando por fin la encuentro, Juan se despierta, se levanta, se acerca, desnudo, al tocadiscos, pone la cara B del *Concierto del Emperador*, empieza a vestirse sin mirarme una sola vez y, sin volver la cabeza, de espaldas a mí, me pregunta si quiero ir al cuarto de baño.

–Sí –le contesto, y voy.

Luego va él, y, cuando vuelve, me propone tomar algo en la calle.

Sin esperar mi respuesta, levanta bruscamente el brazo del tocadiscos y el *Concierto del Emperador* deja de sonar.

Cuando salimos, no oímos el menor ruido en la casa. Seguramente la chica embarazada sigue ahí, con el amigo de Juan. Pienso que ojalá se haya quedado dormida en la habitación sin ventana, y no puedo, no quiero imaginarla al lado del amigo de Juan, en su cama...

La portera vuelve a descorrer la cortinilla cuando Juan y yo pasamos por delante de la portería.

En la calle empieza a anochecer.

6. La imagen

Veo en la televisión a Juan, el hombre con el que hace más de treinta años estuve a punto de casarme y, aunque su voz no ha cambiado, descubro en su cuello una papada fofa que me produce una profunda ternura.

Intento escuchar sus palabras, entender por qué dice lo que dice, pero me distraigo mirándole la papada y no lo consigo. De repente levanta una de sus manos, pequeñas y blandas, y se toca la barbilla, y recuerdo que fueron sus manos, esas manos pequeñas y blandas, demasiado pequeñas y demasiado blandas para un hombre y de las que tanto se avergonzaba, y de las que tanto parece seguir avergonzándose porque hace lo posible por ocultarlas, las que por primera vez, deslizándose entre mis piernas, tocaron mis zonas íntimas, aún vírgenes.

También, y mientras sigue hablando del último libro que ha escrito y que ha sido un gran éxito, miro su boca que tantas veces besó la mía, y descubro que sus dientes ya no son los de entonces.

No sé cuándo se arregló la dentadura pero le noto, no sé si más feo, pero raro, muy raro.

A mí no me importaba que fuera feo, eso nunca me importó, pero lo que no puedo perdonarle no es la papada fofa, ni su nueva dentadura ni sus manitas pequeñas y blandas. Lo que no puedo perdonarle es que haya adelgazado como ha adelgazado, porque de eso sí es responsable. Era mucho más atractivo cuando era gordo, feo y gordo.

El hombre que habla en la televisión, del último libro que ha escrito y del próximo que va a escribir, ha dejado de ser gordo y, aunque no le veo andar, seguro que ya no se le juntan los muslos hasta las rodillas y luego se le separan las piernas y se le disparan cada una hacia un lado, y seguro también, aunque en la televisión no lo dice, que sigue odiándome, que sigue sin perdonarme que le abandonara, aunque si le abandoné no fue en absoluto porque tuviera las manos blandas y pequeñas, ni porque fuera feo y gordo, eso me encantaba, era lo que más me gustaba de él. Si le abandoné debió de ser porque no me amaba.

Sí, en este momento, viéndole en la pantalla del televisor, descubro que le abandoné por eso.

Porque no me amó.

Ahora le veo en un programa de libros, en la televisión más de treinta años después, y descubro su papada fofa, y pienso cómo habría sido mi existencia si me hubiera casado con él como él quería, y pienso también que la papada no habría tenido que descubrirla porque la habría visto formarse, y pienso que si la tiene fofa es porque nunca debió de adelgazar como ha adelgazado, sino seguir siendo aquel hombre gordo que no me amó, y al que tanto, a lo largo de toda mi vida, me hubiera gustado haber amado yo.

El breve comentario que la presentadora ha hecho de él antes de que la cámara recogiera su cara, y que sin duda él le ha dictado, ha sido: «Juan está casado y no tiene hijos ni perro».

Una bromita.

Una bromita estúpida, porque él sabe que si se hubiera casado conmigo como quería, no sólo habría tenido hijos, sino perro. También perro. Lo sabe, pero tiene que decirlo, decírselo a la presentadora entre bastidores antes de que empiece el programa, sólo para demostrarme, con la esperanza de que yo esté viendo la televisión en este momento, que consiguió lo que jamás habría conseguido conmigo: no tener hijos, ni perro.

De repente, mientras trato de escuchar lo que dice sin lograrlo, su imagen deja paso a los títulos de crédito de una película basada en una de sus novelas.

Empiezo a verla, pero me aburre, no me interesa en absoluto lo que cuenta, los personajes parecen marionetas, los paisajes están llenos de lluvia, y aunque hago un esfuerzo por verla entera, acabo apagando la televisión.

Juan ha desaparecido de la pantalla, pero me ha quedado su imagen, y como la imagen de Juan me sigue encogiendo el corazón, me pongo a pensar en otra cosa.

7. La ruptura

Querida Laura.

No puedo soportarlo. Te aseguro que si no vuelves, si no te veo pronto, si no me dices que todo esto no ha sido sino una espantosa pesadilla de la que despertaré a tu lado, me moriré.

Cuando, hace ya dos semanas, volví a Madrid después de pasar las peores fiestas de Navidad de toda mi vida (¿cómo pudiste escribirme, y mandarme esa carta, tan horrible, de ruptura, «Querido Juan, todo ha terminado, no quiero casarme contigo»?), estaba convencido de que volverías enseguida, de que ya estarías aquí cuando regresara, principalmente por mí (arrepentida de haberme abandonado), pero también por tus padres, que ni siquiera saben dónde escribiros, a Carmen y a ti, a qué dirección, dónde llamaros, a qué teléfono.

No sé si te han llegado mis cartas anteriores, ni tampoco si te llegará ésta, porque ayer me dijo tu hermano que las últimas noticias que la familia tiene de vosotras son que, si queremos escribi-ros, lo hagamos al poste restante.

¡Al poste restante!

No sé si podré, cuando acabe esta carta, escribir tu nombre en el sobre y debajo poner «poste restante», «París», «Francia», pero lo tendré que hacer si quiero que te llegue, y también porque quiero que te llegue, como quería que te llegaran las otras, todas las que ya te he escrito (una, y a veces dos, al día) y a las que no has res-pondido, y, también y sobre todo, porque quiero que sepas que mi vida, en este momento, es un auténtico infierno.

Ni siquiera puedo describirte lo que siento, porque el dolor es tan profundo, lacerante y desesperado que no lo sé, y lo único que hago es ir todas las tardes a tu casa, sentarme en una butaca del salón, beber coñac y llorar.

Unas veces alguno de los miembros de tu numerosa familia (casi siempre tu madre, que es la que más está en casa), se sienta a mi lado y escucha mis lamentos, pero otras al salón no viene nadie (desde vuestra huida, tu hermano, mi amigo, apenas aparece por la casa), y en esos casos paso la tarde con tu abuelo, que, al verme en el salón, bebiendo coñac y sin hacer nada, se sienta frente a mí y al final acabo siendo exclusivamente una oreja para él, la que siempre necesita para contar sus innumerables batallitas. Afortunadamente, cuando eso ocurre, a una hora de la tarde llega el momento, el de tu inso-portable abuelo, de ir al club de bridge (al que sigue yendo como si nada hubiera pasado, como si no se hubiera producido la terrible tra-gedia que se ha producido, sobre todo para mí, y que no le han con-tado), y entonces vuelvo a quedarme solo, esperando que alguien venga, algún hombre en el que llorar, aunque a veces pienso que todos (menos tu abuelo que me ha convertido en su presa) están empezando a hartarse de mi presencia quejumbrosa, principalmente porque no saben qué decirme, cómo consolarme.

–Ya conoces a Laura –me dijo ayer tu madre, ofreciéndome un pañuelo que fue a buscar al armario de tu padre para que secara mis lágrimas–, es joven, irresponsable y alocada. Yo, cuando era pequeña, siempre decía de ella, y a ella, que era una díscola. Y eso es lo que sigue siendo. Una díscola.

–¿Díscola? –repetí, sorprendido de un calificativo que yo jamás te habría atribuido.

–Y mientras Carmen y ella están en París –continuó tu madre–, haciendo Dios sabe qué, y con Dios sabe quién, aquí todos sufriendo, por su culpa, por culpa de su irresponsabilidad. Porque dime, ¿qué están haciendo Carmen y Laura en París? ¿Dónde viven? ¿Con quién? Hace varios días que no sabemos absolutamente nada de ellas. La última vez que escribieron decían que estaban en casa de un matrimonio que las había acogido pero que pronto tendrían que marcharse porque llegaba la familia de la mujer. Su padre y yo les vamos a dar unos días de margen, pero si siguen sin dar señales de vida, llamaremos a la Interpol. Son menores de edad, las dos, como sabes.

Entonces la miré, y de repente me sentí un poco culpable de que seas menor de edad y, según tu madre, irresponsable y díscola. Díscola sobre todo. Soy tu novio y tenía que haber impedido que huyeras, tenía que haberlo evitado. Tu madre no me lo dice, pero lo piensa, seguro.

De todas formas, pronto comprendí que, en realidad, toda esa retahíla tu madre no me la estaba diciendo a mí sino a sí misma, con lo cual, al final, como siempre, acabé consolándola yo (aunque no sé muy bien lo que le dije, ni si sirvió de mucho, porque al llegar a ese punto ya estaba casi borracho) y asegurándole que no se preocupara, que volveríais, que volverás. Porque volverás, ¿verdad, Laura? Dime que volverás, dímelo cuando me escribas.

Luego apareció tu hermano pequeño, dijo a tu madre que la llamaban por teléfono, y ella, después de decirme «Ahora vuelvo», se levantó y me dejó solo en el salón.

Seguí bebiendo y llorando, tu madre no volvió, y, cuando terminé la botella de coñac, y sin decir adiós a nadie porque no encontré a nadie a quien decir adiós, me fui a mi casa a seguir bebiendo y llorando, solo.

Si supieras lo que estoy sufriendo, me compadecerías, seguro. Todo lo que me rodea está lleno de ti. Ayer por la noche pasé horas oliendo el perfume que usas, un frasquito de Chanel vacío pero que aún conservaba el olor, y que cogí, sin que nadie me viera, en el cuarto de baño de tu casa, y que guardé en el bolsillo, continuamente temiendo que tus hermanas me descubrieran y se rieran de mí, aunque no pudieran, porque estaba vacío, acusarme de ladrón.

Al llegar a casa, me tumbé en la cama y pasé toda la noche oliendo el Chanel y masturbándome, recordando la última vez que habíamos hecho el amor, ahora me parece que hace siglos.

No sé qué ha pasado, qué he hecho mal (por mucho que lo pienso, y te aseguro que no pienso en otra cosa, no sé qué puede haber sido), pero te ruego, te suplico que te compadezcas de mí, que te apiades de mi sufrimiento. Me pondré de rodillas ante ti, si me lo pides, me arrastraré, me humillaré...

He venido al Comercial, a escribirte. El café está vacío a pesar de que todas las mesas parecen ocupadas. Completamente vacío.

Además, yo nunca te esperé aquí (me he sentado a la mesa en la que solías sentarte a esperarme tú, siempre que estaba libre, junto a la ventana) y de repente me siento fatal. Cómo me arrepiento ahora de haberte hecho esperar tanto, siempre. Por eso quieres romper conmigo, ¿verdad? ¿Por eso? ¿Por los plantones que te di? Pues entonces, si me das otra oportunidad, te prometo, te juro, que no volveré a llegar tarde a nuestras citas nunca más.

¡Otra oportunidad! Qué frase.

No hago más que repasar el año y medio que hace que estamos juntos, que somos novios, y no entiendo, no consigo entender los motivos, en primer lugar de tu huida, y luego de esta súbita, cruel y dolorosa ruptura. Pero si íbamos a casarnos... Pero si íbamos a empezar los preparativos de nuestra boda cuando yo volviera de pasar la Navidad con mis padres...

Es verdad que me dijiste que querías ir una temporada a París con tu hermana, es verdad que a mí me parecía absurdo, pero podías haber esperado a que volviera para hablarlo juntos tranquilamente. Al final lo habría entendido, te habría dado permiso y todo habría sido distinto. Entonces, ¿por qué tuviste que huir? ¿Por qué? No hago sino repetírmelo una y otra vez.

Los días se me hacen interminables y, como así no puedo seguir, he decidido, después de pensarlo mucho (y por eso esta carta es especialmente importante), ir a París a buscarte. Necesito verte, hablar contigo, pedirte que vuelvas a mi lado. Aún no sé cómo organizaré el viaje, pero estoy dispuesto a todo con tal de volver a estar contigo, con tal de que no me abandones. Escríbeme, por favor, dime que vaya, dime que quieres que vaya, déjame ir a París, por favor Laura, te lo suplico.

Laura, mi querida Laura, vuelve conmigo, vuelve a mí, te lo suplico, te lo suplico, te lo suplico... Como ves, no hago más que suplicarte, suplicarte y suplicarte, pero es que sin ti mi vida no es, no existe, no tiene sentido.

Esperaré impaciente tu respuesta.

Te quiero, te deseo y te necesito.

Para ti, todo mi amor, que es mayor de lo que jamás podrás imaginar,

Juan.

8. La huida

Laura se queda un instante en el andén viendo cómo el tren se aleja llevándose a Juan, y, cuando el último vagón desaparece, abandona la visión de las vías vacías y sale de la estación, totalmente decidida a no estar triste, a no echarle de menos, ni siquiera a sentirse dolida o enfadada porque Juan se haya negado a quedarse con ella esta Navidad, a pesar de habérselo pedido expresamente, a pesar de ser, ahora que lo piensa, lo único que le ha pedido en el año y medio que hace que son novios.

Desde el último verano, que Laura había pasado en Bretaña en casa de una amiga francesa, se había distanciado mucho de Juan, había sentido un alejamiento de él mayor del habitual, y, cada vez que había intentado hablarlo con él, Juan se había echado a reír.

—Eres una niña, Laura —le había dicho Juan un día que ella se había atrevido a decirle que no le gustaba la vida que hacía (por las mañanas trabajando de secretaria en un ministerio y por las tardes esperando a que Juan la llamara para poder salir) y que quería ir a París una temporada, con su hermana–, pero ya madurarás.

–Carmen está totalmente decidida a marcharse –había dicho Laura– y todos los días me pide que la acompañe.

–Pues si quiere ir, que vaya sola –había respondido Juan, tajante–. Es absurdo que vayas tú a París cuando estamos a punto de casarnos. Ya iremos más adelante, juntos.

–Pero a mí me gustaría ir... –había dicho Laura en un susurro.

–¡Ni hablar! –había respondido Juan.

Y Laura se había callado.

Ahora Juan acaba de coger el tren para ir a pasar la Navidad con su familia, a pesar de que Laura le ha pedido (lo único en año y medio que le pido, se repite mentalmente una y otra vez), que no se vaya, que se quede con ella, que pase la Navidad con ella.

Pero Juan se ha ido.

–Luego vienes tú –le dijo antes de despedirse y subir las escalerillas del vagón–, esa semana que tienes de vacaciones. Así iniciaremos, primero con mi familia y después, en Madrid, con la tuya, los preparativos de nuestra boda.

Laura no había respondido.

Luego el tren se había puesto en marcha y ahora Laura está saliendo de la estación.

Se dirige a la parada y espera el autobús.

Está decidida.

A no quedarse en casa, como quiere Juan que haga cuando se va, haciendo eso que a Laura en este momento le parece imposible de cumplir, que llaman «guardar ausencias».

Poco después, y cediendo al impulso que no ha dejado que se desvanezca durante el trayecto en el autobús, en el instante en que entra en su casa, y antes de arrepentirse, llama a Leonardo, un amigo de Juan, y ahora también de ella, pero sobre todo de Juan. El pálido, delgado y solitario Leonardo con el que, durante el recorrido en el autobús, ha pensado que era con el que más le apetecía quedar a tomar un café, después de repasar mentalmente la lista de posibles candidatos, candidatos todos masculinos, pues, desde que es novia de Juan, tiene a sus amigas completamente abandonadas y no le parece el momento de recuperarlas. Además, a Leonardo, como excusa, puede pedirle el libro *Relatos* de Kafka, que él le dijo una vez que tenía, un libro dificilísimo de encontrar, y por el que Laura siempre ha demostrado un gran interés.

Leonardo, al principio, cuando oye su proposición, se queda un poco sorprendido, pero enseguida acepta y le promete llevarle el libro. Quedan en un café de la calle de Génova, enfrente de Manila.

Leonardo, aunque tampoco una de sus cualidades, igual que Juan, es la puntualidad, llega al café con los *Relatos* de Kafka antes de la hora. Piensa que quizá no ha debido aceptar ver a Laura. Sabe que Juan es muy celoso y, aunque también sabe que está fuera, puede enterarse de que ha quedado con su novia. De pronto le parece, más que una deslealtad al amigo, una cita peligrosa, porque si Leonardo ha aceptado sin vacilar prestar un libro a Laura y tomar un café con ella, ha sido porque le gusta. Laura le gusta mucho. A Leonardo le gusta mucho la novia de su amigo. A casi todos los amigos de Juan les gusta Laura, y Leonardo se siente halagado de que le haya elegido a él y le haya llamado, además de para pedirle prestado el libro de Kafka, para tomar un café. Podía haber llamado a otro, haber pedido prestado un libro a otro, pero le ha llamado a él.

A pesar de todo, la cita con Laura, ahora que está ahí, parado en el frío de la calle de Génova sin atreverse a entrar en el café, le da, no puede evitarlo, un poco de miedo.

¿Se trata acaso de una cita clandestina?

¿Por qué Laura le ha llamado, por qué quiere, cosa que nunca había ocurrido antes, verle a solas, precisamente a él y sin Juan?

«Lo mejor es que me vaya», piensa.

Empieza a dar unos pasos por la acera en dirección a Colón y en ese momento ve a Laura avanzando hacia él y sonriéndole.

–Hola, Leonardo –dice Laura, y le da dos besos–. No llego tarde, ¿verdad?

–No –responde Leonardo–, es que yo he llegado un poco antes.

–¿Por qué no has entrado? –pregunta Laura dirigiéndose a la puerta del café–. Hace mucho frío.

Leonardo sigue a Laura al interior del café. La aparición de la novia de su amigo no ha ahuyentado sus temores, pero está encantado de verla y le apetece realmente pasar la tarde con ella.

Leonardo y Laura suben a una especie de balconcillo que hay sobre la barra y se sientan a una mesa desde la que se ve la calle. Cuando el camarero les pregunta qué quieren tomar, dicen los dos a la vez, «un café solo», y se echan a reír.

–Supongo que te habrá sorprendido que te llamara –empieza Laura.

–No –miente Leonardo–, ¿por qué? Me ha gustado, me ha hecho ilusión. Además desde hace tiempo querías que te prestara el libro de los *Relatos* de Kafka.

Laura sonríe.

–¿Sigues poniendo tu nombre en la página once? –le pregunta Laura hojeando el libro que Leonardo ha dejado sobre la mesa–. Sí, aquí está.

Leonardo la mira. De repente se siente bien con ella, como si no fuera la primera vez que están solos, sin Juan, como si aquella tarde fuera una más, de otras muchas, que hubieran pasado juntos.

–Y ¿Juan? –se siente obligado a preguntar.

–Se ha ido esta mañana, a pasar la Navidad con su familia.

–¿Va a estar fuera todas las fiestas? –pregunta Leonardo frunciendo el ceño.

–Todas –responde Laura, encantada de poder decírselo a alguien–. Se va todos los años, pero éste le pedí que no se fuera.

–¿Es verdad que os vais a casar en enero? –pregunta Leonardo.

–Eso dice Juan.

–Y ¿tú?

–No lo sé. Mi hermana Carmen quiere que nos escapemos de casa, que huyamos a París. A mí me gustaría ir con ella pero Juan dice que ni hablar. No lo entiende.

–¿Por qué huir?

–Nuestros padres jamás nos darían permiso y aún somos menores de edad.

El camarero les lleva los dos cafés solos, pero la conversación no se interrumpe. Leonardo está cada vez más interesado.

–Huir a París es muy literario –dice.

—El verano pasado Carmen estuvo el mes de agosto allí, al mismo tiempo que yo en Bretaña, y conoció a un hombre, según ella, muy interesante. Quiere volver a verle. Me ha pedido que la acompañe.

—Y Juan no lo entiende.

—No. Le parece absurdo, dice que no tiene sentido. Quizá tenga razón. Quizá es verdad que no tiene sentido. Quizá lo que me pasa es que no quiero casarme con Juan.

Lo ha dicho. Es la primera vez que Laura dice en voz alta que no quiere casarse con Juan.

—Yo creo que se equivoca —dice Leonardo—. A mí me parecería normal, incluso una gran idea, que mi novia quisiera pasar una temporada sola, fuera de España, antes de la boda.

Laura mira a Leonardo. Su palidez extrema y sus ojos diminutos le parecen, en ese momento, enormemente atractivos.

Hasta ese día, hasta ese instante, hasta ese café que está tomando con Leonardo, no había hablado de Juan con nadie, ni con Juan. Empieza a sentir una gran liberación, un gran alivio, una especie de consuelo.

—Juan es muy celoso —continúa Laura, animada por el interés de Leonardo—. Desde que somos novios sólo salgo con él, sólo me dedico a él. Hace siglos que no veo a mis amigas, porque a Juan todas le caen mal. Me siento apresada, como en una cárcel. Paso las mañanas en el trabajo y las tardes esperando a Juan, a que me llame para salir y quedar en la Glorieta de Bilbao, en el Comercial, porque él vive cerca, como sabes, en Cardenal Cisneros, y así luego no tiene, jamás lo hace, que acompañarme a casa. No me gusta la vida que hago, no me gusta absolutamente nada.

Leonardo está encantado. Sin saber cómo, de repente se ha convertido, acaba de convertirse en el confidente de Laura, en su paño de lágrimas, en el hombro en el que la novia de su amigo, puede, si quiere, llorar.

Laura empieza a sentirse aliviada con el alivio que producen las palabras, todas las palabras, al ser pronunciadas.

—Creo que iré a París con mi hermana —dice de repente, decidida.

—Te animo —dice Leonardo, convencido.

—Voy a romper con Juan —afirma Laura.

Leonardo, de repente eufórico, olvida sus temores, todos sus temores. Está con Laura, la novia de su amigo, y se siente bien. El tiempo ha pasado volando. En las tazas sólo quedan los posos de los cafés que han tomado y en el cenicero las colillas.

—¿Quieres venir un rato a mi casa? —pregunta Leonardo, sin arrepentirse de lo que acaba de decir.

—Me encantaría —responde Laura, también eufórica de repente.

Cuando salen a la noche de diciembre, Laura y Leonardo están muy alegres. Cogen el metro y se dirigen a la avenida de América, donde Leonardo comparte piso con un amigo, que también, como Juan, ha ido a pasar la Navidad con su familia.

Cuando entran en el amplio salón, sólo iluminado por la luz que llega de la calle, Leonardo besa a Laura, apasionadamente. Luego se sientan en el sofá, Leonardo se tumba y apoya la cabeza en el regazo de Laura.

No hablan.

No hacen el amor.

Sólo se besan.

Pasa el tiempo, aunque les parece, a los dos, que se había detenido, y Laura se levanta del sofá. No tiene más remedio que irse. Son las tres de la mañana.

Leonardo la acompaña a la calle y a un taxi.

Vuelve a besarla y le dice en un susurro:

—Hasta mañana, Laura.

—Hasta mañana, Leonardo.

Al día siguiente, a media mañana, Laura y Leonardo quedan en un ruidoso bar de la calle de Lagasca.

Los dos llegan al mismo tiempo y, antes de que Laura pueda decir nada, Leonardo musita:

—Yo no me quiero casar.

—¿Qué? —pregunta Laura, sorprendida.

—Que no me quiero casar —repite Leonardo, en voz alta.

—Yo tampoco —dice Laura, tranquila.

—Lo de ayer fue una locura. No debió ocurrir. Tienes que volver con Juan. Yo no quiero saber nada.

Laura ve el color del terror en la palidez de Leonardo.

—Me voy a París, esta noche —dice Laura.

—Pero no por mi culpa, ¿verdad?

—Me ayudó mucho hablar contigo, Leonardo. Contándotelo lo vi todo con claridad, pero no te preocupes. Mi decisión no tiene nada que ver contigo.

—No quiero que volvamos a vernos —vuelve a musitar Leonardo sin mirar a Laura, con la mirada fija en el suelo—. Nunca más.

Laura mira a Leonardo. Es otro hombre. Ha dejado de ser aquel con el que ayer tomó un café, aquel que la besó y con el que se sintió, como no se había sentido hacía mucho tiempo, un poco aliviada, y también, aunque en este momento le parece que han pasado siglos desde entonces, un poco feliz. Sin embargo, el Leonardo que está frente a ella, de pie en la barra del bar de Lagasca, ya no es él. Se ha convertido en otro Leonardo, en un desconocido.

Laura y Leonardo salen del bar, caminan en silencio por la calle de Lagasca, tuercen al llegar a la esquina de Goya y bajan hasta el cine Carlos III. Por el camino, como una retahíla, Leonardo repite de vez en cuando, en un susurro casi inaudible:

–Yo no me quiero casar, yo no me quiero casar...

Laura no le mira, no se lo está diciendo a ella. Hace frío y está un poco asustada ante la inminente huida, a París, con Carmen, esa noche. Le hubiera gustado que Leonardo le dijera una frase amable, pronunciara alguna palabra de aliento, pero no lo hace.

Al llegar al Carlos III se detienen y se despiden, tan gélidamente como la gélida mañana de diciembre.

–¿Quieres que te devuelva el libro de Kafka antes de irme? –pregunta Laura.

–No –responde Leonardo–. Puedes quedártelo. Te lo regalo.

–Gracias.

–Adiós, Laura.

–Adiós, Leonardo.

Leonardo se aleja sin volverse en dirección a Cibeles. Laura le ve marchar, esperando que en el último momento se arrepienta y gire, aunque sea ligeramente, la cabeza para poder decirle adiós con la mano, pero no lo hace.

Luego, rápidamente, Laura se dirige a su casa. Aún tienen mucho que hacer, Carmen y ella, antes de huir a París.

9. Un café, lo que dure

Laura y Claudio acaban de comer en un pequeño restaurante del centro de Madrid, en el que dan una riquísima comida casera, y, como los dos tienen la tarde libre, Claudio propone a su amiga que sigan juntos, charlando un rato más. Durante la comida han hablado de temas generales, sus respectivos trabajos, los amigos comunes, la situación política. No se ven todo lo a menudo que les gustaría, pero cuando se encuentran siempre tienen muchas cosas que decirse, que contarse.

–¿Tomamos un café? –pregunta Claudio, al salir del restaurante.

–Sí, un café –responden los dos echándose a reír–, lo que dure.

El café que eligen, uno de los que están cerca de la plaza del Dos de Mayo, está casi vacío a esa hora, primera de la tarde, y se sientan a una mesa, acogedora y apartada.

–Estuve con Juan –empieza Claudio–. Fui a verle, haciéndome pasar por periodista, porque si no, como él me aseguró, no me habría recibido.

—¿A Juan? ¿Por qué? –pregunta Laura.

—La última vez que nos vimos me hablaste de él, ¿lo recuerdas? Aquel café sí duró, muchísimo. Una noche en tu casa que pasamos casi entera en vela. Me quedé intrigado. Quería conocerle. El primer hombre de tu vida.

—¿Qué te dijo?

—Que te odia, pero no es verdad. Sigue locamente enamorado de ti.

—No me ha perdonado. No me perdonará nunca.

—¿Por qué tendría que perdonarte?

—Le abandoné.

—Eso me dijo, aunque su versión no coincide con la tuya.

—Lo hizo mal y yo también. Lo hicimos mal los dos, pero si supiera cuánto le quise y lo doloroso que fue para mí, hace mucho que me habría perdonado.

—¿Le quisiste?

—No sabía que le quería hasta que nos encontramos en el Manila de Génova, al día siguiente de volver de mi huida a París. Desde esa mañana de finales de febrero. Fue como si le hubiera conocido en ese momento, como si le hubiera visto por primera vez, como si nunca antes hubiera estado con él. La noche anterior, y en el instante en que entraba por la puerta de mi casa desde la estación, y antes de que mi hermana Carmen y yo nos enfrentáramos a la furia de nuestros padres, a los que, según ellos, habíamos hecho sufrir horriblemente durante nuestra ausencia, Juan me llamó por teléfono y me suplicó que nos viéramos, aunque te aseguro, y es la verdad, que yo no quería verle a él. Me acongojaba su dolor, un dolor que me había relatado minuciosamente en las numerosas cartas que me había escrito a París. A pesar de todo, quedamos. A la mañana siguiente, en el Manila de Génova, y, cuando llegué, él ya estaba allí. Como te he contado, mientras habíamos sido novios siempre había acudido tarde a nuestras citas, pero ese día allí estaba, seguro que muchísimo antes de la hora, esperándome. «¡Cómo has cambiado!» exclamó al verme.

–¿Habías cambiado?

–Había vivido casi dos meses en París, sin saber nunca mi hermana y yo cuándo ni qué íbamos a comer, y probablemente estaba más delgada, aunque quizá también influyera la arrogancia juvenil de haber vivido, lo que a mí entonces me parecía «una gran experiencia». El caso es que, antes de empezar a hablar, Juan repitió varias veces «¡Cómo has cambiado!». Sin embargo lo que entonces no supe fue que quien realmente había cambiado había sido él. Nos habíamos convertido en dos extraños, en dos auténticos desconocidos, aunque de lo que sí estoy segura es de que fue precisamente en ese momento, no quizá cuando empecé a quererle, sino cuando descubrí que no sabía si le había querido ni si le seguía queriendo, a pesar de que ni entonces, ni después, ni ahora, sabía, ni sé, por qué.

Claudio mira a Laura, conmovido por su relato.

–El problema –continúa Laura, animada por el interés que reconoce en los ojos de su amigo–, que también descubrí en ese instante aunque lo manifieste ahora, era que aquellos dos meses habían alzado una barrera entre los dos, una barrera que a partir de ese instante se convirtió en absolutamente infranqueable. Yo no sabía qué decirle ni él tampoco a mí. Ni siquiera nos atrevíamos a mirarnos a los ojos. No encontrábamos las palabras, ninguna palabra.

Laura se queda un instante pensativa, reviviendo aquella dolorosa escena, que no había olvidado, ni podría nunca olvidar.

—Entonces Juan se echó a llorar, a llorar como el niño desamparado que era en realidad, y yo no pude, o no supe consolarle.

—Me habló de lágrimas, muchas, pero no me dijo que hubiera llorado ante ti.

—Aquellas lágrimas, las que derramó en el Manila de Génova frente a mí, las he derramado yo después a lo largo de toda mi vida, mientras dormía, soñaba con él y, siempre, siempre, me despertaba llorando desconsoladamente.

—Eso sí me lo contó y que quiso vengarse de ti en las mujeres que conoció después.

—Si Juan hubiera sabido lo que me costó, a partir de ese instante, vivir sin él pero con sus lágrimas de aquella fría mañana de finales de febrero, no habría buscado vengarse. Si hubiera sabido lo que me costó volver a descubrir, una noche que vinieron a mi casa, él y su mujer, a cenar, y se introdujo conmigo en la cocina mientras se acababan de cocer los tallarines, y se puso a rallar queso a mi lado y a contarme las distintas venganzas que había llevado a cabo en las numerosas mujeres que había conocido a lo largo de su vida sin mí, si hubiera sabido lo que me costó volver a descubrir, no sólo cuánto le había querido sino cuánto le seguía queriendo, quizá habría podido liberarse de su resentimiento, el que tenía, y por lo que dices aún tiene, hacia mí.

—Me contó esa escena en la cocina, y también que al día siguiente le escribiste una carta que rompió en mil pedazos después de leerla. Lo mismo que hizo con la otra que le escribiste unos días después. Lo mismo, en mil pedazos.

–Debí de levantarme de la silla, entonces, más de treinta años antes, en el Manila de Génova, rodear la mesa y abrazar a Juan, refugiarme en el corpachón de Juan y que él se refugiara en el mío, escuálido y aterido, consolarle y consolarme, pedirle perdón y que él también me lo pidiera, reconocerle y que él me reconociera, secar sus lágrimas para que él secara las que entonces yo no sabía que habría de derramar después. Pero no lo hice. Me quedé quieta, inmóvil, conmovida ante su dolor pero convencida de que ya nada podíamos hacer por remediar el daño que los dos nos habíamos hecho y que no sabíamos que seguiríamos haciéndonos.

–¿Por qué no se lo dices? –pregunta Claudio–. ¿Por qué no se lo cuentas como me lo estás contando a mí?

–No me creería. Lo intenté en aquellas dos cartas que le escribí después de la escena en la cocina, y que, como acabas de decirme y él también me dijo más tarde, rompió inmediatamente después de haberlas leído.

–Es muy difícil ser joven –dijo Claudio–. No conocemos las consecuencias que nuestros actos o nuestras omisiones van a tener después, a lo largo de nuestra vida.

–Si entonces, en vez de diecinueve años, hubiera tenido algunos más, quizá lo habría hecho. Abrazarme a él. Pero era muy joven, demasiado joven, acababa de volver de París y me aterraba la idea de volver a vivir con Juan el penoso noviazgo y también la anunciada boda de la que había huido. No sabía que de mi sentimiento por Juan no me libraría jamás y que pasaría el resto de mi vida huyendo de él, de ese sentimiento desconocido, y queriendo a Juan sin ni siquiera tener la posibilidad de que creyera en mi afecto.

–¿De verdad no sabes cómo es?

–¿Mi amor por él, mi cariño, o lo que sea? No, nunca lo he sabido ni lo sabré jamás. Quizá a su lado podría descubrirlo, viéndole a menudo, charlando con él, conociéndonos al fin, volviendo a hacer el amor con él ahora, tantos años después.

–¿Tú, su amante? ¿De verdad te gustaría ser su amante ahora? Hablaba sin parar, lo repitió una y otra vez, de la lista de los tuyos. De tus numerosos amantes a los que odiaba profundamente. Me preguntó si yo era uno de ellos y no me creyó cuando le aseguré que era tu amigo.

–Abrazarnos, quizá sólo abrazarnos porque en realidad nunca nos habíamos abrazado, nunca nos habíamos querido, allí, en el Manila de Génova, porque Juan, aquel Juan que tenía ante mí, al otro lado de la mesa, había dejado de ser el novio celoso y autoritario que había sido antes de mi huida y se había transformado en un niño asustado. Se echó a llorar y no hice nada, absolutamente nada, lloró ante mí y me quedé inmóvil, sin mirarle, sin levantar la vista de la taza de un café que, ese sí, me pareció eterno. Juan me estaba pidiendo ayuda a gritos, consuelo. Me estaba pidiendo que extendiera mi mano por encima de la mesa y acariciara la suya, que no le abandonara, me lo estaba pidiendo a gritos llorando en silencio, amargamente, pero no oí sus gritos, no quise oírlos, me negué a oírlos, no vi sus lágrimas, no quise verlas, me negué a verlas. Un silencio ensordecedor ahogó su petición de auxilio, un silencio que se alzó entre nosotros como un muro que luego, durante toda nuestra vida separada, ninguno de los dos logramos traspasar jamás.

–La barrera infranqueable de la que hablaste antes.

–Después, a lo largo de los años, nos vimos muchas veces, pero nunca a solas, nunca hasta aquella noche en la cocina cuando Juan me recordó que jamás me perdonaría, cuando me reprochó haberle abandonado, aunque en ningún momento pronunció las palabras «perdón» o «abandono». Entonces comprendí lo que había sido su vida sin mí, lo que había sido la mía sin él. Podíamos haber sido juntos y estábamos separados. Debíamos de haber sido juntos y habíamos vivido sin nosotros. Él no hizo nada por acercarse a mí ni yo por acercarme a él. Él no fue a París a buscarme (yo le dije que no fuera pero él tenía que haber ido, aunque sólo hubiera sido para ofrecerme su apoyo) y yo no rodeé la mesa para que nos abrazáramos. Tampoco en la cocina, aunque hubo un instante en que estuvimos a punto de hacerlo, nos abrazamos. Siempre nos faltará un abrazo, siempre tendremos pendiente el abrazo que ni yo en el Manila de Génova, ni él en la cocina de mi casa muchos años después, nos dimos.

Claudio y Laura fijan su mirada en el exterior, en los árboles de la plaza, en los transeúntes, en los perros.

—Te has puesto triste —dice Claudio al cabo de un instante.

—Siempre, cuando hablo de Juan —responde Laura sin dejar de mirar el otoño al otro lado de la ventana.

—Quizá algún día podáis daros ese abrazo que tenéis pendiente.

—Sí, quizá algún día, aunque me parece difícil porque él nunca querrá. Odiarme le cuesta menos de lo que le costaría abrazarme, o permitir que le abrazara yo.

Laura y Claudio, después de acabar sus respectivos cafés en silencio, cada uno sumido en sus pensamientos sobre lo que acaban de hablar, salen a la calle y se despiden dándose un abrazo.

—Te llamaré —dice Claudio—, pronto.

Laura sonríe y luego cada uno vuelve a sus actividades después del paréntesis, que los dos amigos han compartido, de la memoria.

10. El novio

Hoy he pedido a Laura que venga a mi casa.

Como siempre que se lo propongo me pone alguna excusa (¿por qué nunca querrá venir?, no lo comprendo), he inventado una mentira piadosa.

–No vamos a quedar en el Café Comercial –le he dicho por teléfono, dándolo por hecho–. Estoy un poco griposo y no me conviene salir. Puedo coger frío. Así que ven tú.

Ésa ha sido la mentira piadosa, y la verdad es que no sólo no estoy griposo, sino todo lo contrario. Me encuentro especialmente bien, y lo que quiero, lo que más deseo en este momento, es pasar la tarde haciendo el amor con Laura.

Entonces, cuando le he pedido que venga esta tarde a mi casa y no me ha dicho que no, no me ha puesto ninguna de las disculpas que me suele poner, como que tiene la regla, que está cansada, o que le apetece más ir al cine, he interpretado que le parece una buena idea y que lo desea tanto como yo.

–Además tengo una sorpresa para ti –he añadido, porque es verdad, tengo una sorpresa para ella.

Una sorpresa que le va a gustar mucho, seguro.

Sé que, aunque a Laura le encanta hacer el amor conmigo, porque nos queremos, porque somos novios y porque vamos a casarnos, pues eso es siempre lo que hacemos en mi casa cuando le pido que venga, si a veces no quiere es porque no le gusta la mirada que le dirige la portera cuando cruza el oscuro portal, y porque tampoco le gusta esta casa, interior y, según ella, feísima (aunque ni mucho menos es para tanto), que comparto con uno de mis amigos, pero también sé que, por estar conmigo, es capaz de superar esas pequeñas minucias, porque está claro que no son sino eso, minucias.

–Bueno, iré –ha dicho Laura.

Muy contento, después de echar una larga siesta, y cuando llega el momento de que Laura aparezca, estiro un poco las sábanas de mi estrecha cama, que ahora pienso que debería poner limpias aunque no lo hago, me da pereza, y me dispongo a esperarla en mi habitación.

En mi habitación, porque hoy mi amigo ha traído a su última adquisición amorosa. Una chica que no sé si es muy guapa pero que tiene una cara muy dulce, y que está embarazada (por supuesto no de él sino de su marido), con la que en este momento está en el salón, seguramente convenciéndola, seguramente seduciéndola, seguramente intentando que se introduzca con él en su habitación, la de mi amigo, para pasar la tarde juntos, seguramente prometiéndole que después (cosa que no hará como tampoco lo hago yo con Laura porque siempre, aunque me siento, debo reconocerlo, un poco culpable, me da una pereza espantosa), la acompañará a su casa para que llegue antes de que su marido, y a pesar de que no tienen buena relación, la eche de menos en el hogar conyugal.

Así que estoy en mi habitación, tumbado en la cama, tratando de leer pero sin poder concentrarme, pensando en Laura, en su cara y en su cuerpo, en su cuerpo sobre todo, imaginando a Laura a mi lado, dentro de un rato, aquí, junto a mí.

El tiempo de espera no se me hace largo en absoluto. A medida que pasa, el deseo aumenta, el deseo de Laura, feroz.

Por fin suena el timbre.

Laura.

Me levanto, salgo de mi habitación, me dirijo a la entrada, abro, y, al verla, tiro de ella para volver a cerrar la puerta. La abrazo apasionadamente. La beso, también apasionadamente, y luego le cojo la mano y la llevo al salón para que salude a mi amigo y a la chica embarazada.

Sé que a Laura no le gusta mi amigo, aunque nunca me lo ha dicho, y, como siempre, sólo le dice un hola educado, pero hoy, no sé por qué, observo que mira con dulzura, y una cierta tristeza, a la chica embarazada.

Entonces mi amigo, como si hubiera estado esperando la llegada de Laura para acabar de convencer a la chica embarazada, la empuja suavemente al interior de su habitación, más grande que la mía y con cama de matrimonio, aunque sin ventana, y cierra la puerta.

Inmediatamente tiro a Laura de la mano, que no he soltado en ningún momento, y la llevo a mi cuarto, más pequeño que el de mi amigo y con una cama, también más pequeña que la de mi amigo, pero con ventana, cosa que Laura me dijo un día que para ella era muy importante.

—Y ahora, la sorpresa —digo a Laura.

Allí, en mi cuarto, en un rincón, sobre una silla, he instalado un tocadiscos y, rápidamente, sin esperar que Laura pronuncie una sola palabra, pongo el *Concierto del Emperador* de Beethoven, cierro la puerta, empiezo a desnudar a Laura y la lanzo, abrazada a mí, a la cama.

¡Cómo la deseo!

¡Cómo me gusta saber que nadie la ha penetrado antes y, sobre todo, que nadie que no sea yo la penetrará jamás!

En el tocadiscos sigue sonando el *Concierto del Emperador*. Hacemos el amor y, por precaución, me retiro en el último momento y consigo el placer supremo a su lado, con ella masturbándome, cosa que cada vez hace mejor.

Entonces cierro los ojos, extasiado de felicidad, y me duermo.

Cuando despierto, veo a Laura ya vestida poniéndose los zapatos, y empiezo a vestirme yo.

No hablamos, para qué.

La cara A del *Concierto del Emperador* ha terminado, me acerco al tocadiscos y, de espaldas a Laura, pongo la cara B, mientras la oigo salir de la habitación y dirigirse al cuarto de baño.

Cuando vuelve, y antes de ir yo, le propongo que demos un paseo hasta un bar que llamamos la tasquita, al que solemos ir cuando tenemos algo que celebrar (como por ejemplo hoy, que hemos hecho tan bien el amor), y que está en la calle de Carranza, casi en la esquina con San Bernardo, y tomemos (siempre me apetece muchísimo después de haber estado en la cama con Laura) medio whisky sin hielo y sin agua, y, sin esperar su respuesta, convencido de que es lo que quiere ella también, levanto el brazo del tocadiscos.

El *Concierto del Emperador* deja de sonar.

Cuando salimos, no oímos el menor ruido en la casa. Seguramente la chica embarazada sigue ahí, con mi amigo. O quizá se hayan ido ya, aunque con la música de Beethoven no les hayamos oído salir.

La portera, como hace siempre, descorre la cortinilla cuando Laura y yo pasamos por delante de la portería.

En la calle empieza a anochecer.

11. París

Esa mañana, Laura y Carmen habían ido al poste restante a recoger las cartas. Había una de su madre, en la que las amenazaba con que, si en el plazo de una semana, «no daban señales de vida», palabras textuales, y decían dónde estaban y con quién, su padre y ella, o sea ella, llamaría a la Interpol.

–¡Se han vuelto locos! –había exclamado Carmen–. ¡Llamar a la Interpol! ¡Como si fuéramos unas delincuentes!

También había otra carta de Juan, que Laura no quiso leer en ese momento, porque las cartas de Juan, todas las que había recibido desde que estaba en París, le producían una impresión que no hubiera sabido definir.

Después de vagar por las calles del Barrio Latino durante todo el día en silencio, cada una sumida en sus pensamientos, Carmen en la amenaza de la Interpol, y Laura en la carta de Juan que no quería leer, a última hora de la tarde las dos hermanas fueron a L'Horizon, un café del Boulevard Saint-Michel que habían convertido en su lugar de encuentro, pues siempre quedaban allí con sus amigos (el hombre, mucho mayor que ella, que Carmen había conocido el verano anterior y por el que había vuelto a París, y un italiano amigo suyo), y cuando se hubieron sentado a una mesa desde la que se veía la calle, Laura no pudo retrasarlo más tiempo y leyó la temida carta de Juan.

–¿Qué te dice? –preguntó Carmen.

–Que quiere venir –dijo Laura, cuando la hubo terminado.

–Lo que nos faltaba –susurró Carmen, para sí.

–Lo que nos faltaba, sí –repitió Laura, que la había oído.

–¿Quieres que venga? –preguntó Carmen.

–No –respondió Laura.

–Pues entonces díselo. Que no venga. ¿Cómo está?

–Fatal.

Carmen no dijo nada más. Lo único que le preocupaba en ese momento era la amenaza de su madre de llamar a la Interpol (imaginaba la escena: Laura y ella volviendo, esposadas, a Madrid, entre dos policías), y no cómo estuviera Juan.

Laura miró los cristales empañados del café y no pudo, aunque lo intentó, imaginar el sufrimiento de Juan, porque ella no lo sentía. No lo sentía en absoluto.

Liberación y alivio, eso era lo que había sentido en el mismo instante en que había subido al tren con Carmen en dirección a París.

Liberación y alivio.

Como si un gran peso, varios pesos, se le hubiera, se le hubieran quitado de encima.

Volvió a leer la carta de Juan, a toda velocidad para evitar sobre todo sentirse culpable de lo mal que él lo estaba pasando, y se detuvo en las líneas en las que decía que quería ir a París a buscarla.

–¡Ya lo tengo! –exclamó Carmen–, llamaré a Nguyen Lam Son, un vietnamita que conocí el verano pasado. Me dijo que vivía en una casa muy buena, lo recuerdo perfectamente, y que le llamara si volvía a París. Seguro que nos acoge, al menos durante unos días. Si no encontramos pronto un lugar y una dirección a la que nos puedan escribir, mamá llamará a la policía y tendremos que volver.

–Yo no quiero volver –dijo Laura, aún ensimismada pensando en cómo decir a Juan que no fuera a París.

–Yo tampoco –dijo Carmen–, aunque mi situación es distinta a la tuya, porque a mí en Madrid no me espera nadie.

De pronto Laura vio a Juan, esperándola en Madrid, lo imaginó en la estación, de pie en el andén, con una botella de coñac en una mano y un pañuelo en la otra para secarse las lágrimas, y la imagen le horrorizó.

–Voy a escribir a Juan –dijo, decidida–, para decirle que no venga.

–Dile que espere un poco, que tenga paciencia, que le quieres mucho.

–No puedo decirle que le quiero.

–¿Por qué no?

–¿Has olvidado que también, sobre todo, huí de él? Además, en este momento, no sólo no sé si le quiero sino si le he querido alguna vez. Creo que le tenía miedo.

–Bueno, dile lo que quieras –dijo Carmen, levantándose–. Yo, mientras, voy a llamar a Nguyen Lam Son. ¿Nos queda algún franco?

–Muy pocos –respondió Laura sacando el monedero y vaciándolo sobre la mesa para que Carmen cogiera la moneda que necesitaba para el teléfono.

«Querido Juan. Ahora no puedo volver, necesito más tiempo. No vengas a París. Besos. Laura.»

Qué carta tan horrible, pensó Laura, y recordó otra que le había escrito, también muy breve, el verano anterior, también desde Francia, aunque no desde París sino desde Bretaña, en la que se había despedido diciéndole «te quiero bastante», y Juan, sin duda dolido por aquel escueto y significativo «bastante», se había puesto furioso al leerla.

Miró la hoja que había escrito, y no pudo, no se le ocurrió añadir ni quitar nada. Eso era lo único que, en ese momento, le podía decir.

–Nguyen Lam Son nos espera –dijo Carmen sonriendo, volviendo del teléfono y sentándose de nuevo a la mesa–. Me ha dicho que podemos quedarnos en su casa todo el tiempo que queramos.

–Parece un telegrama –dijo Laura enseñando a Carmen la carta que acababa de escribir–, pero no sé qué más decirle.

–Mañana le escribes otra más larga –dijo Carmen, hojeando el papel y olvidándolo inmediatamente, feliz de tener un lugar donde pasar esa noche y, con un poco de suerte, muchas más noches.

–Mañana tampoco sabré qué decirle.

–Por favor, Laura, deja de hablar de Juan un rato, ¿quieres? –dijo Carmen, ya un poco harta–. Tenemos otras cosas más importantes en qué pensar, ¿no crees?

En ese momento, el amigo de Carmen y el italiano entraron en L'Horizon y se sentaron a la mesa con ellas. Mientras Carmen les contaba la conversación que acababa de tener con Nguyen Lam Son, Laura hizo lo posible por concentrarse en lo que su hermana decía, y, unos minutos después, había olvidado a Juan y su carta, completamente.

12. El encuentro

Laura acaba de leer en el periódico la noticia de que, esa tarde, en el Círculo de Bellas Artes, se va a presentar un libro de Leonardo, el primero que publica, y decide asistir, después de recordar que no le ha vuelto a ver desde aquella gélida mañana de enero, hace más de treinta años, cuando se despidió de él delante del cine Carlos III, antes de huir a París con su hermana Carmen.

Leonardo.

De repente su imagen, la del Leonardo de entonces, la única que conserva, se le aparece nítida en la memoria, y no piensa, ni siquiera se le ocurre, que lógicamente tiene que haber envejecido.

¿Qué habrá sido de él en todos los años que han pasado? ¿A qué se habrá dedicado, además de a escribir el libro que acaba de publicar? ¿Seguirá teniendo el aspecto del joven pálido y delgado de entonces?

En todos esos años, los que han pasado desde la última vez que le vio, nadie le ha hablado de él, no ha tenido ninguna noticia suya.

Nada.

Laura se queda un rato con la mirada fija en la convocatoria que anuncia el periódico, y duda, no sabe si asistir o no (el reencuentro con el pasado siempre le produce un cierto, inevitable, rechazo), pero al final decide acudir.

Siente curiosidad, por Leonardo y por su libro.

La sala del Círculo de Bellas Artes está abarrotada cuando llega Laura (afortunadamente aún quedan dos asientos libres en la última fila) de personas que no conoce y que seguramente han acudido, no como ella, por curiosidad, sino por compromiso, porque son amigos o parientes de Leonardo. Cuando Laura entra, todos tienen ya, aunque aún el acto no ha empezado, cara de aburrimiento, porque saben que las presentaciones de libros, si no son demasiado interesantes las personas que intervienen, suelen ser largas y aburridas, soporíferas.

Sin embargo, Laura no se arrepiente de haber cedido al impulso de haber querido volver a ver a Leonardo, se sienta en uno de los dos únicos asientos libres de la última fila, y, cuando se ha acomodado, mira a los tres hombres que ocupan la mesa del estrado. No reconoce a ninguno, aunque piensa que uno, a la fuerza, tiene que ser Leonardo, pero ¿cuál?

La puerta de la sala se cierra y empieza el acto.

Primero habla el editor, mal, en tono monocorde, sin apenas mencionar el libro motivo de la presentación, enumerando las dificultades de la labor editorial en un país en el que se lee tan poco y, sobre todo, sobre todo, haciendo propaganda de su editorial.

A continuación, toma la palabra un, según él, escritor de éxito aunque Laura no le conoce de nada, que tampoco menciona el libro de Leonardo y que sólo habla de sí mismo, de cómo escribe (a ordenador por supuesto), y cuándo (por las mañanas y siempre con una rosa amarilla fresca que su mujer se encarga de poner sobre su mesa antes de que él se levante, se tome el café y empiece su «labor creadora»). También habla, exhaustivamente, del libro que está escribiendo en este momento y que confía será un gran éxito, convencido de que tiene que serlo porque es la obra de su vida.

En ese momento, y cuando el escritor se dispone a contar el argumento de su *best-seller*, la puerta se abre y Laura, igual que todos los demás que forman parte del público, en un gesto mecánico, se vuelve.

Entonces, sin tratar en absoluto de pasar desapercibido, entra Juan.

¡Juan!

Laura había olvidado completamente que Juan era amigo, había sido amigo de Leonardo en la juventud. ¿Lo seguiría siendo?

«Llega tarde, como siempre», piensa Laura mientras Juan, sin avergonzarse lo más mínimo de irrumpir así en la sala (al fin y al cabo él es un autor de más éxito que el que está hablando), busca con la mirada un asiento y descubre el único libre, el que está precisamente al lado de Laura.

Laura quita su abrigo y su bolso de la silla, hasta entonces vacía, y Juan se sienta a su lado sin mirarla, sin verla. Se acomoda, cruza las piernas y se dispone a escuchar.

El escritor de éxito, después de contar minuciosamente la sencilla, aunque él insista en su complejidad, trama de novela que está escribiendo, acaba su intervención, y entonces empieza a hablar, después de carraspear varias veces y de beber varios sorbos de agua, el tercer miembro de la mesa, que resulta ser Leonardo, a pesar de que ya no queda nada (¿cómo iba Laura a reconocerle?) del muchacho pálido y delgado que ella había conocido en la juventud.

Leonardo es ahora un hombre gordo, muy gordo, aunque sí, sigue siendo pálido, muy pálido, y su pelo, completamente blanco, hace juego con la blancura de su piel, como si juntos formaran una sola cosa.

«Una bola de nieve», piensa Laura, «eso es en lo que se ha convertido Leonardo, en una gran bola de nieve».

Los asistentes esperan y, cuando Leonardo ha acabado con el agua de los tres botellines que están sobre la mesa, empieza a musitar unas frases breves e ininteligibles sobre su libro, el relato de la vida cotidiana de los presos en una cárcel de máxima seguridad, aunque los asistentes no le escuchan, por un lado porque apenas se le entiende, y por otro porque ya están aburridos y deseando que acabe el acto y llegue el momento del vino y los canapés.

Laura no mira a Juan pero le llega su olor, un olor que reconoce perfectamente, a pesar de que ya no está mezclado con el de la colonia Álvarez Gómez que Laura le regaló cuando eran novios, y que, durante toda su vida, cada vez que lo ha olido, le ha recordado a él.

Leonardo sigue hablando, cada vez en voz más baja, y Juan, aburrido aunque acaba de llegar, y sin dejar de moverse en el asiento y de cruzar y descruzar las piernas, mira por primera vez a su alrededor.

Entonces la ve. Ve a Laura y abre mucho los ojos, unos ojos viejos y cansados, súbitamente llenos de sorpresa.

–¿Qué haces tú aquí? –le pregunta.

En ese instante, Leonardo ha debido de terminar de hablar, porque todo el mundo se levanta y, el ruido que hacen las sillas al ser desplazadas hacia atrás, impide a Laura responder.

Juan se levanta también y, pasando por delante de Laura sin mirarla, se dirige, primero a la mesa para saludar a Leonardo, un saludo breve y distante, de compromiso, y luego a la salida.

Laura permanece un rato sentada, observando los movimientos de Juan y luego también se levanta. Espera a que los que han llegado antes saluden y feliciten a Leonardo, y luego lo hace ella.

—Enhorabuena, Leonardo —le dice, dándole dos besos, que él recibe sin mover un solo músculo de la cara.

—Gracias, gracias —musita Leonardo, nerviosísimo, y también, como Juan, sorprendido de verla allí.

—Leeré tu libro con mucho interés.

—Me ha llevado mucho tiempo escribirlo, sobre todo porque no me dejaban entrar en la cárcel a investigar —dice Leonardo un poco precipitadamente, y le da la espalda a pesar de que nadie, en ese momento, reclama su atención.

Laura espera a que Leonardo se vuelva otra vez hacia ella para despedirse, pero como no lo hace, sale y busca a Juan con la mirada, entre la gente que ya ha empezado a comer canapés y beber vino. Le ve en el otro extremo de la antesala, charlando con el editor, el mismo que publica también sus libros.

Laura le mira, pero Juan finge no darse cuenta. Sólo en un instante, que no puede evitar fijar los ojos en ella, los aparta rápidamente.

Laura se abre paso entre la gente y se acerca a él, en el momento en que el editor es reclamado a su vez por otras personas.

Laura y Juan se miran. Se produce un silencio, un silencio profundo en medio del estruendo de las voces que los rodean. Un silencio de segundos y siglos al mismo tiempo. Juan da un paso atrás para alejarse de ella y Laura no le detiene.

Entonces Juan, rápidamente, se dirige al ascensor. Pulsa el botón y, mientras espera que suba, se queda mirando la puerta cerrada, de espaldas a Laura y a la gente, sin volverse una sola vez.

Laura le mira y en este momento se le aparece su imagen, la de Juan muchísimos años antes, también de espaldas a ella, aunque en aquella ocasión desnudo, de pie en la habitación de la calle del Cardenal Cisneros, poniendo la cara B del *Concierto del Emperador*.

No, realmente ni entonces ni ahora, Beethoven tiene la culpa de nada.